ZHONGGUO SHENHUA GUSHI

中国神话故事

DISIJUAN

（第四卷）

SHANHAI YOULING

山海有灵

于　红◎编著

中国铁道出版社有限公司
CHINA RAILWAY PUBLISHING HOUSE CO., LTD.

图书在版编目（CIP）数据

中国神话故事．第四卷，山海有灵 / 于红编著．—北京：中国铁道出版社有限公司，2020.7
ISBN 978-7-113-26739-1

Ⅰ．①中… Ⅱ．①于… Ⅲ．①神话－作品集－中国－上古 Ⅳ．① I276.5

中国版本图书馆 CIP 数据核字（2020）第 045861 号

书　　名：中国神话故事（第四卷）：山海有灵
作　　者：于　红

策　　划：田　军　奚　源　　封面设计：刘　莎
责任编辑：奚　源　　电话：（010）83545974
责任印制：赵星辰

出版发行：中国铁道出版社有限公司（100054，北京市西城区右安门西街8号）
印　　刷：中煤（北京）印务有限公司
版　　次：2020年7月第1版　2020年7月第1次印刷
开　　本：787 mm×1092 mm　1/24　印张：5.75　字数：124千
书　　号：ISBN 978-7-113-26739-1
定　　价：24.50元

前言

中国神话丰富多彩、枝繁叶茂。先人在面对世界时有着奇幻而又瑰丽的想象，更有面对世界之初险恶自然环境的顽强抗争。在巨大的惊奇感觉中，他们把生命向大自然的万事万物投影，创造了一个万物有灵的世界。

在这个世界中，鸟兽鱼虫和山川草木都充满灵性，流传着动人的神话故事。如执着于将大海填平的精卫鸟，她本是炎帝的女儿，后来不幸葬身大海，留下一丝执念，化成精卫鸟，发誓一定将大海填平，以阻止大海再次吞没人的生命。还有每天提醒着蜀地百姓耕种播谷的杜鹃鸟，它本是蜀地的首领望帝。望帝因为心系百姓，化身为杜鹃鸟，以常伴百姓左右。后来古蜀国灭亡，杜鹃鸟依然恋恋不舍，用声声悲鸣抒发着对故土的眷恋。

除了灵鸟灵兽，还有充满灵性的山川河流和草木。如海上方壶、瀛洲、蓬莱等仙山，西部神秘的昆仑山以及居住着十个太阳的扶桑树等，都蒙着一层亦真亦幻的神秘色彩，令人神往。

除此之外，还有人面蛇身的烛龙。他有着和盘古一样的原始力量，为维护天地日月的正常运转，贡献着自己的力量。还有充满个性的美丽女神，如忠贞于丈夫舜帝的娥皇和女英。王母娘娘的女儿瑶姬帮助消灭了为害人间的孽龙，永远矗立在神女峰之巅，被人们怀念。另外，还有鬼怪的克星神荼和郁垒、龙王的九个各有本领的儿子以及大人国和小人国的奇特子民……他们有着各种奇特的灵性和力量，让人对他们充满了向往和期待。

这些神话故事有着离奇的情节、奇幻的想象，就让孩子们插上想象的翅膀，尽情地感受神话的魅力，畅游这山海有灵的世界吧。

mù lù
目录

hǎi shang xiān shān

海上仙山

dà hǎi shì shén mì de　zì gǔ yǐ lái　rén men chōng mǎn hào qí
大海是神秘的。自古以来，人们充满好奇——
tiān xià de dà jiāng xiǎo hé zuì zhōng dōu huì huì jù rù hǎi　nà me dà hǎi
天下的大江小河最终都会汇聚入海，那么大海
bèi tián mǎn yǐ hòu　shuǐ huì bú huì màn chū lái ne　dāng rán bú huì
被填满以后，水会不会漫出来呢？当然不会。

chuán shuō　zài bó hǎi de dōng bian jǐ yì wàn lǐ chù　yǒu yí
传说，在渤海的东边几亿万里处，有一
gè jiào guī xū de dì fang　zhè lǐ shí jì shang shì yí dào hěn shēn de gōu
个叫归墟的地方。这里实际上是一道很深的沟
hè　hào chēng wú dǐ zhī gǔ　shuí yě bù zhī
壑，号称无底之谷。谁也不知
dào tā yǒu duō shēn　zhǐ zhī dào shì shàng suǒ yǒu
道它有多深，只知道世上所有
de shuǐ quán dōu liú jìn guī xū　nà lǐ miàn de
的水全都流进归墟，那里面的
shuǐ yě shì píng cháng de yàng zi　bú huì xiǎn
水也是平常的样子，不会显

读神话，学词语

汇聚：这里是河流汇合流入大海的意思。

chū zēng jiā huò jiǎn shǎo
出增加或减少。

gèng shén qí de shì nà lǐ yǒu wǔ zuò xiān shān míng zi fēn bié
更神奇的是，那里有五座仙山，名字分别

shì dài yú yuán qiáo fāng hú yíng zhōu péng lái měi zuò xiān shān
是岱舆、员峤、方壶、瀛洲、蓬莱。每座仙山

gāo yǒu sān wàn lǐ fāng yuán yě yǒu sān wàn lǐ shān hé shān zhī jiān xiāng
高有三万里，方圆也有三万里，山和山之间相

jù qī wàn lǐ shān shang yǒu huáng jīn dǎ zào de gōng diàn hái yǒu chún bái
距七万里。山上有黄金打造的宫殿，还有纯白

de fēi qín zǒu shòu zhè lǐ de shù shang jiē chū de guǒ zi rú zhēn zhū hé
的飞禽走兽。这里的树上结出的果子如珍珠和

měi yù chī le néng gòu cháng shēng bù lǎo zhè lǐ zhù zhe hěn duō shén
美玉，吃了能够长生不老！这里住着很多神

xiān tā men zhǎng zhe chì bǎng néng gòu zì yóu de zài wǔ zuò xiān shān zhī
仙。他们长着翅膀，能够自由地在五座仙山之

jiān fēi xiáng shén xiān men guò de yòu shū fu yòu kuài lè
间飞翔。神仙们过得又舒服又快乐！

bú guò shén xiān yě yǒu fán nǎo yīn wèi tā men jū zhù de zhè
不过，神仙也有烦恼。因为他们居住的这

wǔ zuò xiān shān zǒng shì suí zhe hǎi làng piāo lái piāo qù cháo xī yì qǐ
五座仙山总是随着海浪漂来漂去。潮汐一起，

jiù dòng dàng qǐ lái lián shén xiān yě méi yǒu bàn
就动荡起来，连神仙也没有办

fǎ shǐ tā men gù dìng xià lái zhǐ hǎo qù xiàng
法使它们固定下来，只好去向

tiān dì qiú zhù
天帝求助。

读神话，学词语

烦恼：这里指令人不顺心或不畅快的人或事。

tiān dì a kuài bāng wǒ men
“天帝啊，快帮我们
xiǎng xiǎng bàn fǎ ba xiān shān zǒng shì zài
想想办法吧！仙山总是在
huàng wǒ de tóu dōu yào huàng yūn le
晃，我的头都要晃晕了！”
yí gè bái hú zi lǎo shén xiān kū kū tí tí
一个白胡子老神仙哭哭啼啼
de zhuā zhe tiān dì de yī fu shuō
地抓着天帝的衣服说。

tiān dì wú kě nài hé bǎ zhè jiàn
天帝无可奈何，把这件
chāi shi jiāo gěi le hǎi shén yú qiáng yú
差事交给了海神禺强。禺
qiáng yú kuài de jiē shòu le rèn wu tā
强愉快地接受了任务。他

zhào jí lái shí wǔ zhī dà hǎi guī
召集来十五只大海龟，
bǎ wǔ zuò xiān shān wěn wěn de bēi
把五座仙山稳稳地背
zài le bèi shang zhè yàng xiān shān
在了背上。这样仙山
jiù néng zài yě bú huàng le hǎi
就能再也不晃了。海
guī men bù gǎn wéi bèi hǎi shén de mìng lìng yòng lì bǎ xiān shān
龟们不敢**违背**海神的命令，用力把仙山
bēi zài bèi shang dàn shì hǎi shén bìng méi yǒu xiǎng dào hǎi
背在背上。但是，海神并没有想到海
guī men gāi rú hé chī fàn de wèn tí jié guǒ hòu miàn yīn wèi
龟们该如何吃饭的问题，结果后面因为
chī fàn wèn tí chū xiàn le yì cháng bēi jù
吃饭问题出现了一场悲剧。

xiān shān fù jìn yǒu yí gè lóng bó guó zhè lǐ de rén
仙山附近有一个龙伯国。这里的人
dōu shì lóng shén de hòu yì shēn cái jí qí gāo dà xiàng jù
都是龙神的**后裔**，身材极其高大，像巨
rén yí yàng lì dà wú qióng yǒu yì tiān lóng bó guó yǒu
人一样，力大无穷。有一天，龙伯国有
gè rén jué de xián lái wú shì jiù
个人觉得闲来无事，就
dài zhe yú gān lái dào le xiān shān
带着鱼竿来到了仙山
bù yuǎn chù
不远处。

zhè lǐ de hǎi rú cǐ
“这里的海如此

读神话，学词语

违背：不服从，不遵循，违反他人的意愿。

读神话，学词语

后裔：后代子孙。

kuān guǎng yí dìng yǒu hěn
宽广，一定有很
duō wǒ méi jiàn guò de dà yú
多我没见过的大鱼
ba
吧！”

tā xìng chōng chōng de pāo
他兴冲冲地抛
xià le yú ěr méi xiǎng dào
下了鱼饵，没想到
hěn kuài jiù yǒu le shōu huò
很快就有了收获，
yì zhī jù dà de hǎi guī yǎo
一只巨大的海龟咬
zhe yú ěr bèi tā diào le shàng
着鱼饵被他钓了上
lái tā gāo xìng de hé bù
来。他高兴得合不

拢嘴。再次一甩鱼竿，哇，又是一只大海龟！就这样，这个人一下钓上来六只海龟！他觉得差不多了，带着六只海龟回到了龙伯国。

他不知道的是，那六只海龟正是背负着岱舆和员峤这两座仙山的海龟。由于海龟都被钓走了，大风一来，两座仙山立刻被吹得七扭八歪，最后被吹到了北极，沉到海底。惊慌失措的仙人们手忙脚乱地逃到了其他三座山上。五座仙山只剩下了方壶、瀛洲和蓬莱。

天帝很快知道了这件事，狠狠处罚了龙伯国的人，可惜已经找不回那两座仙山了。经过这次灾难，海上仙山被陆地上的人们知道了。很多人都想去海上仙山观光一番。传说，有时候海上的风暴会把一些遇难的渔船送到仙山边上。渔民们就会见到仙人，还会得到热情

kuǎn dài rén jiān kāi shǐ liú chuán hǎi shang xiān shān
款待。人间开始流传海上仙山

de gù shi xǔ duō rén jiān de huáng dì xiǎng fǎng
的故事。许多人间的皇帝想访

wèn xiān shān yīn wèi chuán shuō zhōng nà lǐ yǒu chī
问仙山，因为传说中那里有吃

xià qù cháng shēng bù lǎo de guǒ zi kě shì shuí
下去长生不老的果子，可是谁

yě méi zhǎo dào guò tā men
也没找到过它们。

思来想去

五大仙山为什么只剩下方壶、瀛洲和蓬莱三座仙山了呢？

读书心得

大海十分神秘，古人传说那里不仅有深不可测的归墟，还有由大海龟背着的仙山。现代人靠着科学和先进的设备探索海洋的奥秘。对海洋的好奇，我们和古人一样。

zhú lóng de gù shi
烛龙的故事

zài gǔ lǎo de shén huà chuán shuō lǐ pán gǔ shì zuì gǔ lǎo de
在古老的神话传说里，盘古是最古老的

tiān shén dàn gǔ lǎo de tiān shén bìng bú shì zhǐ yǒu pán gǔ yí gè yǒu
天神。但古老的天神并不是只有盘古一个，有

yí wèi zhōng shān de shān shén míng zi jiào zhú lóng shì shàng gǔ shí qī de
一位钟山的山神名字叫烛龙，是上古时期的

lóng shén
龙神。

pán gǔ kāi tiān pì dì yǐ hòu shì jiè biàn de duō zī duō cǎi
盘古开天辟地以后，世界变得多姿多彩。

kě shì duì xīn shēng de tài yáng hé yuè liang
可是，对新生的太阳和月亮

lái shuō zhè ge shì jiè yě tóng yàng hěn xīn
来说，这个世界也同样很新

xiān tā men yì kāi shǐ bù néng hěn hǎo de jiān
鲜。他们一开始不能很好地坚

shǒu zì jǐ de zhí zé jīng cháng xiǎng shén me
守自己的职责，经常想什么

读神话，学词语

多姿多彩：颜色、形态、样式等多种多样，形容十分美丽。

shí hou chū lái jiù shén me shí hou chū lái xiǎng qù sēn lín jiù qù sēn
时候出来就什么时候出来，想去森林就去森
lín xiǎng qù gāo shān jiù qù gāo shān yǒu shí hou hái yào pǎo dào hǎi
林，想去高山就去高山，有时候还要跑到海
dǐ zhuī zhú yí xià yú qún tā men wán gāo xìng le jiù sān tiān sān yè
底追逐一下鱼群。他们玩高兴了就三天三夜
bù huí jiā bù gāo xìng le jiù hěn jiǔ hěn jiǔ bù chū mén duǒ zài
不回家；不高兴了就很久很久不出门，躲在
jiā lǐ shuì dà jiào zhè yàng de tài yáng hé yuè liang ràng shì jiè biàn
家里睡大觉。这样的太阳和月亮让世界变
de hùn luàn qǐ lái chūn xià qiū dōng dōu fēn bù qīng bái tiān hé hēi
得混乱起来，春夏秋冬都分不清，白天和黑
yè de biàn huà yě méi yǒu guī lǜ
夜的变化也没有规律。

bú guò xìng hǎo yǒu zhú lóng cún zài
不过，幸好有烛龙存在。

zhè wèi lóng shén zhǎng xiàng qí tè tóu de wèi zhì zhǎng zhe rén
这位龙神长相奇特，头的位置长着人
de miàn kǒng shēn tǐ què shì shé de xíng zhuàng yǒu zhe cháng cháng de
的面孔，身体却是蛇的形状，有着长长的

shēn qū tā de yǎn jing xiàng gǎn lǎn yí
身躯。他的眼睛像橄榄一
yàng shù lì zhe shí fēn míng liàng zhú
样，竖立着，十分明亮。烛
lóng yǒu zhe nán yǐ xiǎng xiàng de shén tōng
龙有着难以想象的神通。
chuán shuō tā de yǎn jing yì zhēng kāi
传说，他的眼睛一睁开，
shì jiè jiù biàn de rú tóng bái tiān yǎn jing yí bì shang dà dì jiù qī
世界就变得如同白天；眼睛一闭上，大地就漆
hēi yí piàn rú tóng yè wǎn jiàng lín tā chuī yì kǒu qì dà xuě fēn
黑一片，如同夜晚降临。他吹一口气，大雪纷
fēi de dōng jì jiù dào le tā qīng qīng hē qì shì jiè jiù yòu biàn chéng
飞的冬季就到了；他轻轻呵气，世界就又变成
liè rì yán yán de xià tiān rú guǒ tā bǐng zhù hū xī nà me tiān qì
烈日炎炎的夏天。如果他屏住呼吸，那么天气
jiù fēng hé rì lì rú guǒ tā kè yì de yì hū yì xī tiān dì jiān
就风和日丽；如果他刻意地一呼一吸，天地间
lì kè fēi shā zǒu shí
立刻飞沙走石。

zhú lóng hé xīn shēng de tài yáng hé yuè liang bù tóng，tā zǒng shì
烛龙和新生的太阳和月亮不同，他总是
chén mò de lǚ xíng zhe zì jǐ de zhí zé，ràng shì jiè xún huán wǎng fù，
沉默地履行着自己的职责，让世界循环往复，
zhèng cháng yùn xíng。yǒu rén jiào tā zhú lóng shèng shén，shuō tā cóng bù chī
正常运行。有人叫他烛龙圣神，说他从不吃
hē，bù zhī pí juàn。dāng zhú lóng kàn dào rén men zāo shòu le zāi nàn，
喝，不知疲倦。当烛龙看到人们遭受了灾难，
hái huì liú xià nán guò de lèi shuǐ。zhè lèi shuǐ luò dào rén jiān，jiù biàn
还会流下难过的泪水。这泪水落到人间，就变
chéng le yǔ shuǐ，zī rùn zhe dà dì。
成了雨水，滋润着大地。

chuán shuō，zhú lóng céng jīng yǒu yí gè ér zi，yīn fàn xià dà cuò
传说，烛龙曾经有一个儿子，因犯下大错
bèi rén zú de shǒu lǐng huáng dì zhuā zhù。huáng
被人族的首领黄帝抓住。黄
dì suī rán hěn xiǎng chéng fá tā，què dān xīn
帝虽然很想惩罚他，却担心
zhú lóng huì fā nù，zuì hòu jué dìng wèn wèn zhú
烛龙会发怒，最后决定问问烛
lóng zì jǐ de yì jiàn。méi xiǎng dào，zhú lóng
龙自己的意见。没想到，烛龙

读神话，学词语

履行：就是实践、执行自己答应做的或应该做的事。

思来想去

试想，如果烛龙随意地睁眼和闭眼，人们的生活会变成什么样？

bìng bú wèi tā de hái zi qiú qíng zhǐ shuō le yí
并不为他的孩子求情，只说了一
jù huà xī wàng huáng dì bǐng gōng bàn lǐ
句话：“希望黄帝秉公办理。”
zhòng shén shí fēn tóng qíng zhú lóng dāng tā
众神十分同情烛龙。当他
de ér zi bèi chǔ jué shí tā de lèi shuǐ fēn
的儿子被处决时，他的泪水纷
fēn ér luò rén jiān yě xià qǐ le dà yǔ suī rán tā shén me dōu méi
纷而落，人间也下起了大雨。虽然他什么都没
shuō dàn dà jiā dōu zhī dào zhè shì zhú lóng zài nán guò
说，但大家都知道，这是烛龙在难过。

读书心得

新生的太阳和月亮因为贪玩就让白天和黑夜的变化没有规律，烛龙却克制自己，让这个世界变得有规律。所以，我们应该像烛龙这样，先把自己该做的事情做完，再去干别的。

fú sāng shù yǔ jīn wū
扶桑树与金乌

zài lái jiǎng jiǎng tài yáng de gù shi
再来讲讲太阳的故事。

nǐ zhī dào tài yáng de jiā zài nǎ lǐ ma chuán shuō tài yáng zhù zài dōng fāng de dà hǎi shang nà lǐ yǒu yí gè dì fang jiào tāng gǔ tāng gǔ lǐ yǒu yì kē jù dà de shù míng zi jiào fú sāng shù tā yǒu jǐ qiān zhàng gāo tái qǐ tóu lái shèn zhì kàn bú dào shù dǐng ér qiě yǒu liǎng qiān duō zhàng cū tài yáng de yuán xíng shì sān zú jīn wū yě jiù shì zhōu shēn hóng guāng de sān tiáo tuǐ de dà wū yā fú sāng shù jiù shì jīn wū de jiā
你知道太阳的家在哪里吗？传说，太阳住在东方的大海上，那里有一个地方叫汤谷。汤谷里有一棵巨大的树，名字叫扶桑树。它有几千丈高，抬起头来甚至看不到树顶，而且有两千多丈粗。太阳的原形是三足金乌，也就是周身红光的三条腿的大乌鸦。扶桑树就是金乌的家。

zuì zǎo de shí hou yí gòng yǒu shí gè tài yáng zhù zài zhè lǐ
最早的时候，一共有十个太阳住在这里。

> **读神话，学词语**
>
> 名山大川：有名的高山和源远流长的大河，现也泛指大山大河。

他们都是天帝帝俊和女神羲和的孩子。每天早上，女神羲和都要送其中一个儿子去天上值班，为世界带去光明和温暖。

扶桑树上不仅住了十个太阳，树顶的位置还住着一只玉鸡。每当小太阳出门，玉鸡就会在树顶“喔喔喔”地啼叫起来，仿佛在说：“上班不要迟到哦，小太阳！”扶桑树上的玉鸡一叫，各处名山大川的金鸡和石鸡也跟着叫，然后天下所有的公鸡都开始叫起来。此时，太阳

gāng gāng shēng qǐ yìng hóng
刚刚升起，映红

le mǎn tiān de zhāo yún yù
了满天的朝云。玉

jī jīn jī shí jī dōu shì
鸡、金鸡、石鸡都是

shén jī
神鸡。

nián fù yì nián rì
年复一年，日

fù yí rì shí gè xiǎo tài
复一日，十个小太

yáng duì zhè yàng dān diào de
阳对这样“单调”的

读神话，学词语

瞒：隐藏实情，不让别人知道。

shēng huó gǎn dào yàn fán
生活感到厌烦。

wǒ men xiǎng yì qǐ qù tiān shàng
“我们想一起去天上

wán
玩！”

xiǎo tài yáng men jī ji zhā zhā de xiàng
小太阳们叽叽喳喳地向

mā ma qǐng qiú xī hé méi yǒu dā ying shí gè tài yáng yì qǐ chū
妈妈请求。羲和没有答应。十个太阳一起出

xiàn dì shang de rén hé
现，地上的人和

dòng zhí wù gēn běn wú fǎ
动植物根本无法

chéng shòu a
承受啊！

xiǎo tài yáng men jué
小太阳们决

dìng mán zhe xī hé yì qǐ
定瞒着羲和一起

qù tiān shàng wán zhè yì
去天上玩。这一

tiān rén men jīng kǒng de
天，人们惊恐地

fā xiàn tiān shàng chū xiàn le
发现天上出现了

shí gè tài yáng zāi nàn
十个太阳！灾难

fā shēng le rén men rè
发生了，人们热

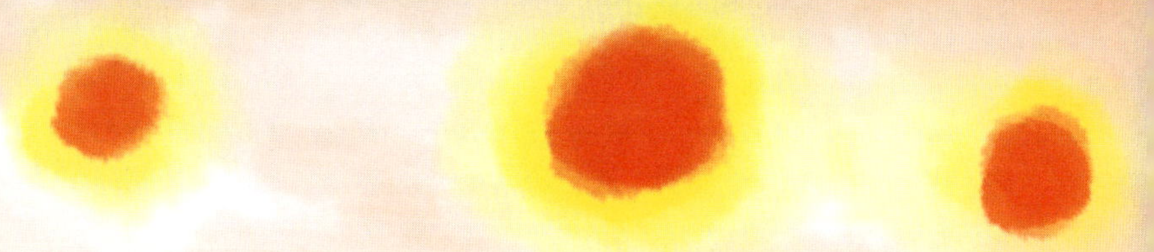

de shòu bù liǎo
得受不了！

zhè shí yí gè jiào hòu yì de yīng xióng chū xiàn
这时，一个叫后羿的英雄出现
le tā yì kǒu qì shè xià le jiǔ gè tài yáng dì shí gè
了，他一口气射下了九个太阳。第十个
tài yáng xià huài le tā kàn dào gē ge men zhòng jiàn zhuì
太阳吓坏了，他看到哥哥们中箭坠
wáng xià de lì kè táo huí le fú sāng shù zài yě bù gǎn
亡，吓得立刻逃回了扶桑树，再也不敢
chū lái le rén men fā xiàn shí gè tài yáng yì qǐ chū xiàn
出来了。人们发现，十个太阳一起出现
shì zāi nàn kě méi yǒu tài yáng yě shì wàn wàn bù xíng ya
是灾难，可没有太阳也是万万不行呀！
tā men xiǎng jìn gè zhǒng bàn fǎ què dōu méi yǒu zhào huí cáng
他们想尽各种办法，却都没有召回藏
qǐ lái de tài yáng zhè kě zěn me bàn ne
起来的太阳。这可怎么办呢？

yǒu rén hū rán xiǎng qǐ yǐ qián tài
有人忽然想起，以前太
yáng shēng qǐ zhī qián gōng jī dōu huì tí qián tí
阳升起之前，公鸡都会提前啼

思来想去

为什么公鸡会提前知道太阳升起呢？

叫，于是决定派公鸡去叫出太阳。第二天，公鸡站在高山上，放开嗓子大叫：“喔喔喔！太阳，出来吧！”结果，世界还是漆黑一片。公鸡没有放弃，它站在高山上白天喊、晚上喊，一直喊到了第四天。当公鸡这次又“喔喔喔”地叫起来时，一轮金灿灿的太阳终于露面了。

“啊！快看啊，太阳终于出来了！”人们激动地欢呼跳跃。人间又恢复了光明。

读书心得

现在农村还能听到公鸡打鸣，尤其是早上。似乎公鸡打鸣叫醒了还在睡觉的太阳，公鸡就像是太阳的闹钟一样。有句话叫“雄鸡一声天下白”说的就是这种情况。

jīng wèi tián hǎi
精卫填海

yán dì yě jiù shì shén nóng gōng zuò
炎帝，也就是神农，工作

fán máng cháng cháng wú fǎ péi bàn zì jǐ de
繁忙，常常无法陪伴自己的

xiǎo nǚ ér tā de xiǎo nǚ ér jiào nǚ wá
小女儿。他的小女儿叫女娃，

shì gè yòu cōng míng yòu měi lì de xiǎo nǚ hái
是个又聪明又美丽的小女孩。

读神话，学词语

繁忙：事情多，没有空闲的时间。

tā hěn ài fù qīn sī niàn yán dì shí tā cháng cháng yí gè rén dú zì
她很爱父亲，思念炎帝时她常常一个人独自

yóu zǒu
游走。

zhè yì tiān nǚ wá lái dào dōng hǎi tā zhǎo dào yì zhī xiǎo
这一天，女娃来到东海。她找到一只小

chuán zuò shàng chuán de nǚ wá shùn zhe hǎi liú zài dōng hǎi lǐ piāo yóu
船，坐上船的女娃顺着海流在东海里漂游。

hū rán hǎi làng biàn dà le xiàng yí zuò shān yí yàng de hǎi làng zá xià
忽然，海浪变大了，像一座山一样的海浪砸下

lái yí xià zi jiù bǎ xiǎo chuán dǎ fān le kě lián de nǚ wá yān sǐ
来，一下子就把小船打翻了。可怜的女娃淹死

zài hǎi lǐ yán dì zhī dào hòu fēi cháng shāng xīn kě shì nǚ wá wú
在海里。炎帝知道后，非常伤心。可是女娃无

fǎ fù huó tā zhǐ néng mò mò de liú lèi
法复活，他只能默默地流泪。

nǚ wá suī rán sǐ qù dàn tā de hún líng hěn bù gān xīn yú shì
女娃虽然死去，但她的魂灵很不甘心，于是

biàn chéng le yì zhī huā nǎo dai bái zuǐ ba hóng jiǎo zhuǎ de xiǎo niǎo
变成了一只花脑袋、白嘴巴、红脚爪的小鸟，

měi tiān dōu fā chū jīng wèi jīng wèi de shēng yīn rén
每天都发出“精卫——精卫——”的声音，人
men jiù gěi tā qǐ le gè míng zi jiào jīng wèi
们就给她起了个名字叫精卫。

jīng wèi tòng hèn dà hǎi duó zǒu zì jǐ nián yòu de shēng mìng cháng
精卫痛恨大海夺走自己年幼的生命，常
cháng cóng fā jiū shān xián lái xiǎo shí zǐ huò shù zhī fēi a fēi yì zhí
常从发鸠山衔来小石子或树枝，飞啊飞，一直
fēi dào dōng hǎi rán hòu bǎ tā men rēng jìn dà hǎi xiǎng bǎ dà hǎi tián
飞到东海，然后把它们扔进大海，想把大海填
píng
平。

gāng kāi shǐ de shí hou dà hǎi bìng bù lǐ huì tā zhào yàng páo
刚开始的时候，大海并不理会，他照样咆
xiào zhe bēn téng zhe měi tiān dōu yǒu rén zài fēng làng lǐ shī qù shēng
哮着，奔腾着，每天都有人在风浪里失去生
mìng
命。

kě yǒu yì tiān tā hū rán wèn jīng wèi xiǎo niǎo nǐ wèi
可有一天，他忽然问精卫：“小鸟，你为

读神话，学词语

气馁：这里指失去信心和勇气，做任何事情都提不起精神。

什么每天都朝我扔石头和树枝？”

“因为我要把你填平！”

“哈哈，算了吧，这是不可能的！就算你花一百万年的时间，也休想填平我！”

精卫并不气馁。她在大海上空坚定地回复大海：“哪怕是一千万年，一万万年，直到宇宙消失，我也不会放弃！我一定能把你填平！”

大海的波涛更大了。他沉默了一会儿，问道：“你为什么这样恨我？”

yīn wèi nǐ duó zǒu le wǒ de shēng mìng hái duó zǒu le hěn duō
“因为你夺走了我的生命，还夺走了很多

wú gū de shēng mìng
无辜的生命！”

nǐ bú huì chéng gōng de shǎ guā dà hǎi shì yǒng yuǎn tián
“你不会成功的！傻瓜，大海是永远填

bù píng de
不平的！”

jīng wèi bìng bú zài hu tā bēi fèn de míng jiào zhe wǒ huì
精卫并不在乎，她悲愤地鸣叫着：“我会

chéng gōng de wǒ yào wú xiū wú zhǐ de tián
成功的！我要无休无止地填

xià qù zhí dào bǎ nǐ tián píng zǒng yǒu yì
下去，直到把你填平！总有一

tiān wǒ huì bǎ nǐ tián chéng píng dì
天我会把你填成平地！”

jīng wèi zài fēng bào lǐ fēi xiáng zhe
精卫在风暴里飞翔着，

bēi míng zhe tā lí kāi dà hǎi fǎn huí fā
悲鸣着。她离开大海，返回发

jiū shān yí cì yòu yí cì xián qǐ shí tou hé
鸠山，一次又一次衔起石头和

shù zhī cóng bù xiū xi yǒng bú fàng qì
树枝，从不休息，永不放弃。

zhí dào jīn tiān nǐ hái néng kàn dào nà zhī míng
直到今天，你还能看到那只鸣

jiào shí fā chū jīng wèi jīng wèi
叫时发出“精卫——精卫——”

de shēng yīn de xiǎo niǎo nà jiù shì xiǎng yào tián
的声音的小鸟。那就是想要填

píng dà hǎi de jīng wèi
平大海的精卫。

hòu lái jīng wèi zài dà hǎi biān hé hǎi yàn
后来，精卫在大海边和海燕

jié chéng fū qī tā men shēng xià de hái zi cí de xiàng jīng wèi
结成夫妻。他们生下的孩子，雌的像精卫，

xióng de xiàng hǎi yàn rén men yě bǎ jīng wèi jiào shì niǎo huò zhì niǎo
雄的像海燕。人们也把精卫叫誓鸟或志鸟，

yīn wèi tā fā shì bù hē yān sǐ zì jǐ de nà ge dì fang de shuǐ hái yǒu
因为她发誓不喝淹死自己的那个地方的水。还有

rén jiào tā dì nǚ què
人叫她帝女雀。

思来想去

精卫想要填平大海的原因是什么？

读书心得

想要填平大海是多么艰难的一件事啊！可是精卫并不畏惧。她志向远大，又能不屈不挠地坚持下去，这样的精神值得每一个人学习。

yáo jī de gù shi

瑶姬的故事

zhè lǐ shì yáo jī yě jiù shì wū shān zhī nǚ yí gè bù tóng de
这里是瑶姬，也就是巫山之女一个不同的
gù shi
故事。

chuán shuō yáo jī shì wáng mǔ niáng niang de dì èr shí sān gè nǚ
传说，瑶姬是王母娘娘的第二十三个女
ér tā chún jié shàn liáng róng mào měi lì shì wáng mǔ niáng niang de
儿。她纯洁善良、容貌美丽，是王母娘娘的
zhǎng shàng míng zhū yáo jī yǒu hěn qiáng de hào qí xīn dǎn zi yě hěn
掌上明珠。瑶姬有很强的好奇心，胆子也很
dà cháng cháng zì jǐ qù yáo chí biān kàn hé
大，常常自己去瑶池边看荷
huā pá shàng pán táo shù zhāi xīng xing shí
花，爬上蟠桃树摘星星，十
fēn tiáo pí wáng mǔ niáng niang jué de tā hái
分调皮。王母娘娘觉得她还
xiǎo zhèng shì zuì ài wán de shí hou yě méi
小，正是最爱玩的时候，也没

读神话，学词语

掌上明珠：拿在手掌中的珠子。后用来指父母特别疼爱的子女。

yǒu zé guài tā
有责怪她。

yǒu yì tiān yáo jī bō kāi bái yún cháo rén jiān zhāng wàng qià
有一天，瑶姬拨开白云朝人间张望。恰

hǎo bèi wáng mǔ kàn dào zhè yí cì wáng mǔ hěn shēng qì shuō zài
好被王母看到。这一次王母很生气，说：“在

tiān shàng wán shuǎ méi shén me zěn me hái tōu kàn xià jiè ne yuán
天上玩耍没什么，怎么还偷看下界呢？！”原

lái wáng mǔ jìn zhǐ yáo jī tā men kàn rén jiān pà yáo
来，王母禁止瑶姬她们看人间，怕瑶

jī tā men bèi rén jiān xī yǐn zhè cì yáo jī suī rán dā
姬她们被人间吸引。这次瑶姬虽然答

ying mǔ qīn bú zài xiàng xià kàn kě hòu lái tā hái shi
应母亲不再向下看，可后来她还是

jīng cháng tōu zhe kàn rén jiān jiàn jiàn tā fā xiàn rén
经常偷着看人间。渐渐，她发现人

jiān de jǐng sè hěn měi lì kě rén men shēng huó de bìng
间的景色很美丽，可人们生活得并

不快乐。

很多人衣服很破，脸色也不太好，住的房子很简陋。瑶姬不由得同情起下面的百姓，变得有些闷闷不乐。王母看到女儿不快乐，于是说：“你既然在天上觉得闷，那就去龙宫玩玩吧！”

先前，东海龙王曾经向王母娘娘提亲，想娶瑶姬。不过瑶姬并不知道这件事。龙王看到瑶姬到来，十分激动，立刻拿出琼浆玉液请瑶姬饮用，并搬出许多财宝让她赏玩。瑶姬却不喜欢，于是离开龙宫偷跑到人间。

这一天，瑶姬来到一个地方，看见许多人正匆忙逃

读神话，学词语

琼浆玉液：意思是珍奇之极的浆液。指美酒或甘美的浆汁。

nàn tā zhèng xiǎng shàng qián xún wèn bú liào tiān kōng hū rán wū yún gǔn
难。她正想上前询问，不料天空忽然乌云滚
gǔn kuáng fēng hū xiào yǒu shí èr tiáo niè lóng zài tiān shàng chū xiàn tā
滚，狂风呼啸，有十二条孽龙在天上出现。它
men sì wú jì dàn de fā chū hǒu jiào zài yún jiān fān gǔn tóng shí yí dào
们肆无忌惮地发出吼叫，在云间翻滚，同时一道
dào shǎn diàn bù tíng de chū xiàn zhà léi zài ěr biān bú duàn xiǎng qǐ
道闪电不停地出现，炸雷在耳边不断响起。
suí hòu bào yǔ rú zhù shān hóng bào fā zhuāng jia bèi chōng huǐ fáng
随后，暴雨如注，山洪爆发，庄稼被冲毁，房
wū fēn fēn dǎo tā yǒu hěn duō rén lái bu jí duǒ bì biàn bèi dà shuǐ juǎn
屋纷纷倒塌。有很多人来不及躲避便被大水卷

zǒu zhēn shì cǎn bù rěn dǔ
走……真是惨不忍睹。

shàn liáng de yáo jī lì kè jià yún fēi
善良的瑶姬立刻驾云飞
shàng tiān zǔ zhǐ nà shí èr tiáo niè lóng
上天，阻止那十二条孽龙。

nǐ men kuài tíng xià bào yǔ hé
“你们快停下！暴雨和
shān hóng huì hài sǐ hěn duō rén
山洪会害死很多人！”

zài niè lóng yǎn lǐ yáo jī jiù shì gè xiǎo nǚ hái tā men mǎn
在孽龙眼里，瑶姬就是个小女孩。他们满
bú zài hu de shuō wǒ men ài zěn me wán jiù zěn me wán nǐ guǎn de
不在乎地说：“我们爱怎么玩就怎么玩，你管得
zháo ma shuō wán nào teng de gèng xiōng le yáo jī kàn tā men bù
着吗！”说完，闹腾得更凶了。瑶姬看他们不
tīng quàn shuō wèi le jiù rén lì kè bá chū le wáng mǔ gěi tā hù shēn
听劝说，为了救人，立刻拔出了王母给她护身
de bì yù zān xiàng zhe shí èr tiáo niè lóng yì pāo zhǐ jiàn yí dào shǎn
的碧玉簪，向着十二条孽龙一抛。只见一道闪
guāng zhī hòu fēng tíng yǔ zhù shí èr tiáo niè lóng yì tiáo yě méi shèng
光之后，风停雨住，十二条孽龙一条也没剩
xià quán dōu sǐ le niè lóng de shī tǐ zhuì luò zài dì shang biàn chéng
下，全都死了。孽龙的尸体坠落在地上，变成
le lián mián bú duàn de xiǎn jùn shān lǐng qí zhōng yí zuò jiù shì wū shān
了连绵不断的险峻山岭，其中一座就是巫山。

zhè xiē jùn lǐng qí fēng zǔ dǎng le dōng liú de jiāng shuǐ shuǐ dào bú
这些峻岭奇峰阻挡了东流的江水，水道不
chàng shǔ dì chéng wéi yí piàn wāng yáng yáo jī kàn dào bǎi xìng réng rán kùn
畅，蜀地成为一片汪洋。瑶姬看到百姓仍然困
kǔ jiù liú zài le rén jiān hòu lái shàn cháng zhì shuǐ de dà yǔ lái
苦，就留在了人间。后来，擅长治水的大禹来
dào wū shān zhì shuǐ yáo jī sòng gěi tā yí cè huáng líng bǎo juàn lǐ miàn
到巫山治水。瑶姬送给他一册黄绫宝卷，里面
xiě míng le yòng chuí qiān záo shí hái yǒu zào chē chuán lái yùn tǔ de fāng
写明了用锤、钎凿石，还有造车船来运土的方
fǎ zài yáo jī de bāng zhù xià dà yǔ dài lǐng zhòng rén zhōng yú shū
法。在瑶姬的帮助下，大禹带领众人，终于疏
tōng le sān xiá shǐ jiāng shuǐ liú jìn le dà hǎi
通了三峡，使江水流进了大海。

zì cóng yáo jī zǒu hòu wáng mǔ niáng niang shí fēn xiǎng niàn tā
自从瑶姬走后，王母娘娘十分想念她。
tā bǎ èr shí èr gè nǚ ér dōu zhǎo lái duì tā men shuō wǒ hěn
她把二十二个女儿都找来，对她们说：“我很
xiǎng niàn nǐ men de xiǎo mèi yáo jī nǐ men qù rén jiān yí tàng bǎ tā
想念你们的小妹瑶姬，你们去人间一趟，把她
zhǎo huí lái
找回来。”

èr shí èr gè xiān nǚ lái dào wū shān hěn kuài fā xiàn le yáo
二十二个仙女来到巫山，很快发现了瑶

jī fēn fēn quàn shuō tā mèi mei mǔ qīn hěn xiǎng nǐ nǐ yě
姬，纷纷劝说她：“妹妹，母亲很想你，你也
chū lái zhè me jiǔ le gāi huí jiā kàn kàn le
出来这么久了，该回家看看了。”

yáo jī què shuō wǒ yě hěn xiǎng niàn mǔ qīn kě shì wǒ bù
瑶姬却说：“我也很想念母亲，可是我不
néng lí kāi zhè lǐ yīn wèi zhè lǐ de bǎi xìng hái xū yào wǒ wǒ xiǎng
能离开这里。因为这里的百姓还需要我，我想
wèi tā men duō zuò diǎnr shì
为他们多做点儿事！”

èr shí èr gè xiān nǚ tīng le hòu xiǎng fǎ gè yǒu bù tóng yǒu
二十二个仙女听了后，想法各有不同。有
de hěn zàn tóng yáo jī de zuò fǎ yǒu de què rèn wéi yīng gāi huí dào tiān
的很赞同瑶姬的做法，有的却认为应该回到天
shàng yáo jī shuō yào bù jiě jie men zì jǐ xuǎn zé ba xiǎng liú xià
上。瑶姬说：“要不姐姐们自己选择吧，想留下
de jiù gēn wǒ yì qǐ bǎo hù bǎi xìng xiǎng huí qù de jiù tì wǒ men zhào gù
的就跟我一起保护百姓，想回去的就替我们照顾
hǎo mǔ qīn
好母亲。”

jiù zhè yàng yǒu yí bàn de xiān nǚ liú xià lái hé yáo jī zài
就这样，有一半的仙女留下来，和瑶姬在

yì qǐ tā men wèi gěi guò wǎng sān xiá de xíng
一起。她们为给过往三峡的行
chuán dǎo háng huà chéng le zhù míng de wū shān
船导航，化成了著名的巫山
shí èr fēng dēng lóng fēng shèng quán fēng zhāo
十二峰：登龙峰、圣泉峰、朝
yún fēng shén nǚ fēng sōng luán fēng jí xiān
云峰、神女峰、松峦峰、集仙
fēng jìng tán fēng qǐ yún fēng fēi fèng fēng shàng shēng fēng cuì píng
峰、净坛峰、起云峰、飞凤峰、上升峰、翠屏
fēng hé jù hè fēng
峰和聚鹤峰。

读神话，学词语

若隐若现：形容隐隐约约，时隐时现，看不清楚。

qí zhōng shén nǚ fēng jǐn lín cháng jiāng gāo sǒng rù yún yí
其中，神女峰紧邻长江，高耸入云，一
gè měi lì de yǐng zi cháng cháng ruò yǐn ruò xiàn nà zhèng shì yáo jī suǒ
个美丽的影子常常若隐若现。那正是瑶姬所
huà cháng cháng yǒu rén xuān chēng yù jiàn guò tā ne
化，常常有人宣称遇见过她呢！

读书心得

瑶姬虽然是一位无忧无虑中长大的小公主，但她却知道怜悯百姓，是一位善良的仙女。善良是一种每个人都应该有的美德。

lóng shēng jiǔ zǐ

龙生九子

zài zhōng guó shén huà zhōng　lóng wáng shì hǎi lǐ zuì dà de shén　dōng
在中国神话中，龙王是海里最大的神。东
hǎi yǒu dōng hǎi lóng wáng　nán hǎi yǒu nán hǎi lóng wáng　xī hǎi yǒu xī hǎi
海有东海龙王，南海有南海龙王，西海有西海
lóng wáng　běi hǎi yǒu běi hǎi lóng wáng　tā men hé chēng sì hǎi lóng wáng
龙王，北海有北海龙王，他们合称四海龙王。
gǔ dài yǐ dōng fāng wéi zūn　suǒ yǐ dōng hǎi lóng wáng shì dì wèi zuì gāo de
古代以东方为尊，所以东海龙王是地位最高的
lóng wáng　lóng wáng guǎn lǐ zhe hǎi
龙王。龙王管理着海
yáng hé rén jiān de fēng yǔ qì
洋和人间的风雨气
xiàng　měi dāng yù dào gān hàn de
象。每当遇到干旱的
jì jié　rén men dōu huì jǔ xíng
季节，人们都会举行
shèng dà de qiú yǔ yí shì　xī
盛大的求雨仪式，希

wàng lóng wáng néng xíng yún bù yǔ jiě chú gān hàn
望龙王能行云布雨，解除干旱。

dōng hǎi lóng wáng yí gòng yǒu jiǔ gè ér zi zuò wéi lóng zǐ tā
东海龙王一共有九个儿子。作为龙子，他
men tiān shēng yǒu hěn gāo de dì wèi shì hǎi zú xiàn mù de zhōng xīn lóng
们天生有很高的地位，是海族羡慕的中心。龙
wáng què kàn dào hái zi men yí gè gè zhǎng dà le hěn pà tā men wú suǒ
王却看到孩子们一个个长大了，很怕他们无所
shì shì suǒ yǐ xīn zhōng zháo jí lóng wáng jué dìng àn dì lǐ qù guān chá
事事，所以心中着急。龙王决定暗地里去观察
tā men zhè yí kàn jiù yǒu le liǎo bu dé de fā xiàn
他们。这一看，就有了了不得的发现。

lóng wáng xiān lái dào dà ér zi jiā zhōng zhèng hǎo kàn jiàn píng shí lǎn
龙王先来到大儿子家中，正好看见平时懒
yáng yáng de dà ér zi zhèng káng zhe yí kuài dà shí tou jiàn bù rú fēi
洋洋的大儿子正扛着一块大石头，健步如飞。
tā zhèng zài liàn gōng lóng wáng zhàn le hěn jiǔ fā xiàn ér zi yì zhí méi
他正在练功。龙王站了很久，发现儿子一直没
yǒu tíng xià lái xiū xi tā duì dà ér zi biǎo xiàn chū de yì lì gǎn dào
有停下来休息。他对大儿子表现出的毅力感到
hěn mǎn yì rán hòu fàng xīn de qù le èr ér zi jiā
很满意，然后放心地去了二儿子家。

hái méi zǒu dào èr ér zi jiā mén kǒu fā xiàn èr ér zi zhèng zhàn
还没走到二儿子家门口，发现二儿子正站
zài zì jiā fáng dǐng shang sì chù zhāng wàng lóng wáng pà èr ér zi kàn dào
在自家房顶上四处张望。龙王怕二儿子看到
zì jǐ gǎn máng zhuǎn shēn xiàng sān ér zi jiā zǒu qù lí sān ér zi jiā
自己，赶忙转身向三儿子家走去。离三儿子家
hái yǒu yí bàn lù chéng de shí hou jiù tīng jiàn qián miàn sān ér zi zài nù
还有一半路程的时候，就听见前面三儿子在怒

hǒu lóng wáng xīn xiǎng zhè ge hái zi sǎng mén kě zhēn dà wǒ gāi
吼。龙王心想："这个孩子嗓门可真大，我该
pài tā gàn shén me ne tā yì biān xiǎng yì biān zǒu rán hòu zǒu
派他干什么呢？"他一边想，一边走，然后走
dào le sì ér zi jiā zhèng yào tuī mén jìn qù hū rán tīng jiàn yuàn zi
到了四儿子家。正要推门进去，忽然听见院子
lǐ yǒu hěn duō shuō huà shēng yuán lái sì ér zi yāo qǐng le péng you
里有很多说话声。原来，四儿子邀请了朋友。
dà jiā wéi zuò zài yì qǐ sì ér zi zhàn zài zhōng jiān kǎn kǎn ér tán
大家围坐在一起，四儿子站在中间侃侃而谈，
páng biān de rén dōu tīng de hěn rèn zhēn lóng wáng méi jìn qù zhí jiē tuì
旁边的人都听得很认真。龙王没进去，直接退
le chū lái xīn xiǎng zhè ge hái zi néng yán shàn biàn dào shì yǒu gè gōng
了出来。心想这个孩子能言善辩，倒是有个工
zuò kě yǐ ān pái gěi tā
作可以安排给他。

qián miàn sì gè ér zi dōu méi yǒu ràng lóng wáng shī wàng lóng wáng jué
前面四个儿子都没有让龙王失望，龙王决
dìng jì xù qù kàn dì wǔ gè ér zi qí guài de shì yí lù shang kàn dào
定继续去看第五个儿子。奇怪的是，一路上看到
hěn duō rén dōu tí zhe shuǐ guǒ shí wù xiàng yí gè fāng xiàng zǒu qù nà
很多人都提着水果、食物向一个方向走去，那
jiù shì wǔ ér zi de jiā lóng wáng jué de wǔ ér
就是五儿子的家。龙王觉得五儿
zi yí dìng shì tè bié tān chī bù rán bié rén zěn
子一定是特别贪吃，不然别人怎
me dōu gěi tā sòng měi shí ne kàn lái yào gěi
么都给他送美食呢？看来，要给
tā zhǎo gè gēn chī yǒu guān de gōng zuò
他找个跟吃有关的工作。

读神话，学词语

侃侃而谈：理直气壮、从容不迫地说话，也形容善于演说。

jiē xià lái shì liù ér zi hé qī
接下来是六儿子和七

ér zi jiā lóng wáng fā xiàn liù ér zi
儿子家。龙王发现六儿子

shí fēn huó pō rè ài yùn dòng zuì
十分活泼，热爱运动，最

xǐ huan zài shuǐ lǐ xī xì wán shuǎ qī
喜欢在水里嬉戏玩耍。七

ér zi pí qi bào zào tā jiā fù jìn
儿子脾气暴躁，他家附近

zǒng shì jìng qiāo qiāo de lín jū men shì
总是静悄悄的，邻居们是

yì liǎn jǐn zhāng de yàng zi lóng wáng
一脸紧张的样子。龙王

xún wèn yuán yīn yǒu rén shí fēn jǐn zhāng
询问原因，有人十分紧张

de kàn le kàn sì zhōu qiāo qiāo gēn biàn
地看了看四周，悄悄跟变

huà le de lóng wáng shuō nǐ zhī dào
化了的龙王说：“你知道

ma lóng wáng de qī tài zǐ zhù zài fù
吗？龙王的七太子住在附

jìn tā pí qi bào zào dòng bu dòng
近。他脾气暴躁，动不动

jiù yào dǎ rén dà jiā dōu duǒ zhe tā
就要打人，大家都躲着他

zǒu ne lóng wáng tīng wán lù rén duì
走呢！”龙王听完路人对

zì jǐ ér zi de píng jià xīn xiǎng hái
自己儿子的评价，心想还

shi zài qù kàn kàn shèng xià de nà
是再去看看剩下的那
liǎng gè hái zi ba
两个孩子吧。

lóng wáng de bā ér zi
龙王的八儿子
zhǎng de yǒu diǎnr chǒu xìng
长得有点儿丑，性
gé què shí fēn wēn hé yě hěn
格却十分温和，也很
yǒu lǐ mào jiǔ ér zi hěn bù
有礼貌；九儿子很不
xǐ huan hé rén jiāo wǎng tā zài
喜欢和人交往，他在
zì jǐ fáng wū qián miàn lì le
自己房屋前面立了

yí kuài xǐng mù de pái zi xián zá rén děng jù jué rù nèi
一块醒目的牌子：闲杂人等拒绝入内！

jīng guò kǎo chá dōng hǎi lóng wáng duì zì jǐ de jiǔ gè ér zi yǐ
经过考察，东海龙王对自己的九个儿子已
jīng liǎo jiě de qīng qīng chǔ chǔ tā fǎn huí lóng gōng ràng rén bǎ hái zi
经了解得清清楚楚。他返回龙宫，让人把孩子
men dōu jiào lái rán hòu gěi tā men fēn pài le bù tóng de rèn wu
们都叫来，然后给他们分派了不同的任务。

hái zi men nǐ men yǐ jīng zhǎng dà le běn wáng jué dìng gěi
“孩子们，你们已经长大了，本王决定给
nǐ men ān pái zhòng yào de gōng zuò xī wàng nǐ men néng wán chéng zì jǐ
你们安排重要的工作。希望你们能完成自己
de rèn wu lǚ xíng zì jǐ de zhí zé bú yào ràng wǒ shī wàng
的任务，履行自己的职责，不要让我失望！”

shuō wán lóng wáng yī cì gěi lóng zǐ men fēn pèi rèn wu
说完，龙王依次给龙子们分配任务：

zhǎng zǐ xìng gé wěn zhòng lì dà wú qióng zhuān mén qù tuó tiān xià
长子性格稳重，力大无穷，专门去驮天下
de shí bēi cì zǐ xǐ huan zhàn zài gāo chù kě yǐ fù zé gōng diàn dǐng
的石碑；次子喜欢站在高处，可以负责宫殿顶
shang de ān quán xún shì fā xiàn yì cháng qíng kuàng lì kè tōng bào sān
上的安全巡视，发现异常情况立刻通报；三
zǐ shēng yīn hóng liàng dān rèn chuán lìng guān sì zǐ kǒu cái chū zhòng shì
子声音洪亮，担任传令官；四子口才出众，适
hé zuò gè wài jiāo guān chǔ lǐ lóng gōng yǔ wài jiè de jiū fēn wǔ zǐ
合做个外交官，处理龙宫与外界的纠纷；五子
zuǐ chán zhǎng guǎn gòng pǐn de fēn pèi liù zǐ xǐ huan shuǐ fù zé nóng
嘴馋，掌管供品的分配；六子喜欢水，负责农
yè guàn gài qī zǐ shā qì tài zhòng fù zé xíng xíng zuò guì zi shǒu
业灌溉；七子杀气太重，负责行刑，做刽子手；

bā zǐ xīn dì shàn liáng jiù qù kān shǒu xiāng lú dǎ sǎo jì tái jiǔ
八子心地善良，就去看守香炉，打扫祭台；九

zǐ gū pì bù xǐ yǔ rén jiāo wǎng nà jiù kān shǒu mén hù xián rén
子孤僻，不喜与人交往，那就看守门户，闲人

miǎn jìn ba
免进吧！

tīng le fù qīn de huà hái zi men fā xiàn zhè yàng de gōng zuò ān
听了父亲的话，孩子们发现这样的工作安

pái hěn shì hé zì jǐ de xìng gé hé néng lì yú shì gāo gāo xìng xìng de
排很适合自己的性格和能力，于是高高兴兴地

shàng rèn qù le dōng hǎi lóng wáng shēng le jiǔ gè ér zi què měi yí gè
上任去了。东海龙王生了九个儿子，却每一个

dōu bù yí yàng lóng shēng jiǔ zǐ gè gè bù tóng de sú yǔ jiù
都不一样。“龙生九子，个个不同”的俗语就

zhè yàng liú chuán kāi lái
这样流传开来。

读书心得

龙王有九个儿子，每一个都有不同的特点。龙王在分派工作之前先了解他们，然后分给他们适合自己特点的工作，这就是知人善任。

léi gōng diàn mǔ
雷公电母

zài shén huà chuán shuō zhōng léi diàn yóu yí duì nán nǚ tiān shén guǎn
在神话传说中，雷电由一对男女天神管
lǐ tā men bèi chēng wéi léi gōng diàn mǔ qí zhōng léi gōng shì
理，他们被称为“雷公电母”。其中，雷公是
zhǎng guǎn léi de tiān shén
掌管雷的天神。

zuì zǎo de léi shén yě jiào léi shòu zhù zài léi zé yǒu rén
最早的雷神，也叫雷兽，住在雷泽，有人
de shēn tǐ lóng de tóu tā de dù zi hěn dà měi cì yì pāi dù zi
的身体、龙的头。他的肚子很大，每次一拍肚子
jiù huì yǒu léi shēng chuán chū hòu lái huáng dì zài dǎ zhàng shí bǎ tā
就会有雷声传出。后来，黄帝在打仗时把他
zhuā le qù yòng tā de gǔ tou zhì chéng le gǔ chuí
抓了去，用他的骨头制成了鼓槌。

léi shén méi yǒu le shuí lái tì dài ne
雷神没有了，谁来替代呢？

tiān dì rèn mìng le yí gè xīn de léi shén zhè wèi xīn léi shén
天帝任命了一个新的雷神。这位新雷神

读神话，学词语

疾恶如仇：指对坏人坏事如同对仇敌一样憎恨。

zhǎng zhe xiàng hóu zi yí yàng de liǎn zuǐ ba hěn jiān hòu lái
长着像猴子一样的脸，嘴巴很尖，后来

rén men chēng zhè zhǒng zhǎng xiàng wéi léi gōng liǎn tā bú dàn
人们称这种长相为雷公脸。他不但

zhǎng de chǒu xìng qíng yě shí fēn bào zào dàn tā jí è
长得丑，性情也十分暴躁，但他疾恶

rú chóu měi dāng tīng shuō yǒu rén fàn fǎ tā jiù bù yóu
如仇。每当听说有人犯法，他就不由

fēn shuō lì kè yào dǎ léi jiāng rén hōng sǐ zhèng yīn wèi
分说，立刻要打雷将人轰死。正因为

zhè yàng léi gōng yuān wang le bù shǎo rén kě shì huài
这样，雷公冤枉了不少人，可是坏

rén gèng pà tā suǒ yǐ léi gōng chéng le zhǔ chí gōng zhèng chéng è yáng
人更怕他。所以，雷公成了主持公正、惩恶扬

shàn de shén líng dà jiā dōu zhī dào yǒu de chuán shuō zhōng yǒu rén zuò
善的神灵。大家都知道，有的传说中，有人做

le huài shì jiù huì bèi wǔ léi hōng dǐng
了坏事，就会被五雷轰顶。

diàn mǔ shì zhǎng guǎn shǎn diàn de nǚ shén yě bèi chēng wéi shǎn
电母，是掌管闪电的女神，也被称为闪

diàn niáng niang yóu yú léi gōng shì lì chà xìng gé yòu chōng dòng
电娘娘。由于雷公“视力差”，性格又冲动，

suǒ yǐ diàn mǔ yǔ tā cùn bù bù lí měi dāng chéng fá rén shí zǒng shì
所以电母与他寸步不离。每当惩罚人时，总是
diàn mǔ xiān yòng shǒu zhōng de liǎng miàn jìng zi fā chū shǎn guāng míng biàn shì
电母先用手中的两面镜子发出闪光，明辨是
fēi shàn è léi gōng cái huì xíng léi chéng fá
非善恶，雷公才会行雷惩罚。

diàn mǔ zuì zǎo zhǐ shì gè pǔ tōng rén hái shi gè guǎ fu tā
电母最早只是个普通人，还是个寡妇。她
méi yǒu ér zi zài zhàng fu sǐ hòu hěn yòng xīn de cì hou pó po
没有儿子，在丈夫死后，很用心地伺候婆婆，
bù kěn gǎi jià yǒu yí cì pó po shēng bìng le hěn xiǎng chī ròu
不肯改嫁。有一次，婆婆生病了，很想吃肉。
dàn shì jiā lǐ hěn qióng tā shí fēn wéi nán
但是家里很穷，她十分为难。
wèi le ràng pó po gāo xìng zuì hòu tā yòng jiā
为了让婆婆高兴，最后她用家
lǐ suǒ yǒu de qián gěi pó po mǎi le yí kuài yáng
里所有的钱给婆婆买了一块羊
tuǐ ròu pó po nián jì dà le yá chǐ bù
腿肉。婆婆年纪大了，牙齿不

读神话，学词语

寸步不离：成语，形容距离很近，一步也不离开。

好，咬不动煮熟的羊腿肉，却误认为儿媳妇不孝顺，只给她吃不好的肉。于是叫骂起来，还嚷嚷着让雷公打死她。

谁知雷公不知怎么就听到了这个婆婆的祈求，真的出手把这个儿媳妇用雷劈死了。事后，当人们埋葬这个儿媳妇时，才发现她肚子瘪瘪，是两天没吃饭了。原来，她把家里的粮食也都让给了婆婆。她的婆婆后悔不已，可是儿媳妇已经死去，无法复活，只好又哭哭啼啼地求雷公。

“你冤枉了自己的儿媳妇？！”雷公简直不敢相信自己的耳朵。他这次又犯错了！可是人已经死了，该怎么办呢？雷公十分后悔，就求天帝让这个被冤枉的女子做自己的妻子，来监督自己。天帝又好气又好笑，干脆让儿媳

思来想去

为什么下雨前我们都是先看到闪电再听到雷声？

fu chéng wéi diàn mǔ　cóng cǐ　měi dāng léi gōng
妇成为电母。从此，每当雷公
diàn mǔ shì fàng shén lì　tiān kōng jiù wū yún mì
电母释放神力，天空就乌云密
bù　kuáng fēng dà zuò　diàn mǔ shǒu xiān shè chū
布，狂风大作。电母首先射出
yào yǎn de diàn guāng　zhào liàng shì jiān de shàn
耀眼的电光，照亮世间的善
è　míng biàn shì fēi zhēn jiǎ　léi gōng jiē zhe tóu xià xiǎng léi ràng è
恶，明辨是非真假；雷公接着投下响雷让恶
rén dé dào chéng fá　suǒ yǐ　rén men fā xiàn　xiān shǎn diàn　hòu dǎ
人得到惩罚。所以，人们发现，先闪电，后打
léi　zài dǎ léi zhī qián　dōu huì xiān yǒu diàn guāng shǎn shǎn　zuì hòu cái
雷。在打雷之前，都会先有电光闪闪，最后才
huì xià qǐ dà yǔ
会下起大雨。

读书心得

雷公的雷威力很大，但是如果弄错了对象，就会引起严重的后果，所以威力越大，越要小心谨慎。

wàng dì huà dù juān

望帝化杜鹃

hěn zǎo de shí hou zài jīn tiān sì chuān shěng de zhōng xī bù yǒu
很早的时候，在今天四川省的中西部有
gè shǔ bù zú zuì zǎo zài shǔ bù zú chēng wáng de shì yí gè jiào cán
个蜀部族。最早在蜀部族称王的是一个叫蚕
cóng de rén tā de qī zi cóng huáng dì de qī zi nà lǐ xué huì le
丛的人。他的妻子从黄帝的妻子那里学会了
yǎng cán huí lái hòu jiù jiāo gěi le zì jǐ bù zú de rén cán cóng qǐ
养蚕，回来后就教给了自己部族的人。蚕丛起
xiān shì dài zhe zì jǐ de bù zú zài gè chù qiān xǐ zuì hòu dìng jū xià
先是带着自己的部族在各处迁徙，最后定居下
lái cán cóng jiāo rén cán sāng zài dāng dì bèi
来。蚕丛教人蚕桑，在当地被
zūn wéi cán shén
尊为蚕神。

yòu bù zhī guò le duō shao nián hū rán
又不知过了多少年，忽然
yǒu yí gè nán zǐ cóng tiān ér jiàng zì chēng dù
有一个男子从天而降，自称杜

读神话，学词语

迁徙：迁移，搬家，指从一处搬到另一处。

读神话，学词语

汹涌：水势翻腾，往上涌。这里形容波浪又大又急。

宇。杜宇创建了蜀国，号称望帝，并在郫这个地方建立了国都。这个蜀国，为与后来三国中的蜀汉区别，现在也常称作古蜀国。

望帝杜宇关心老百姓的生活，也很重视农业生产，常常叮嘱百姓及时播种，不要耽误生产。不过，蜀国那时候常常闹水灾，杜宇日夜忧心，却找不到办法根治水患。

有一年，长江发大水，有人发现汹涌的江水中漂浮着一个人。最奇怪的是，这个人的身体是逆流而上的。人们把他拉上来，原本

yǐ wéi tā zǎo jiù sǐ diào le jié guǒ yí shàng
以为他早就死掉了，结果一上
àn zhè ge rén jìng rán huó le tā shuō zì
岸，这个人竟然活了。他说自
jǐ jiào biē líng shì chǔ guó rén zài jiāng biān
己叫鳖灵，是楚国人，在江边
sàn bù de shí hou shī zú luò shuǐ méi xiǎng dào
散步的时候失足落水，没想到
cóng chǔ guó yì zhí piāo liú dào zhè lǐ
从楚国一直漂流到这里。

rén men jué de hěn qí guài jiù bǎ tā dài dào wáng gōng jiāo gěi le
人们觉得很奇怪，就把他带到王宫交给了
dù yǔ dù yǔ gēn biē líng jiāo tán le hěn jiǔ tā fā xiàn zhè ge rén
杜宇。杜宇跟鳖灵交谈了很久，他发现这个人
hěn cōng míng yě shí fēn yǒu xué shí tā men zài tán huà zhōng tán dào le
很聪明，也十分有学识。他们在谈话中谈到了

读神话，学词语

失足：走路不小心摔倒，也比喻堕落或犯严重错误。

shǔ guó de shuǐ huàn　biē líng zì gào fèn yǒng　xuān chēng zì jǐ yǒu bàn fǎ
蜀国的水患。鳖灵自告奋勇，宣称自己有办法
gēn zhì shuǐ huàn
根治水患。

zhè jiàn shì bāo zài wǒ shēn shang　wǒ yí dìng néng zhì hǎo shuǐ
“这件事包在我身上，我一定能治好水
huàn
患！”

wàng dì jué de jì rán shuǐ huàn
望帝觉得既然水患
yǐ jīng zhè me jiǔ le　bié de fāng fǎ
已经这么久了，别的方法
yě dōu shì guò　bù rú jiù ràng biē líng
也都试过，不如就让鳖灵
qù shì yí shì　tā xiǎng dào biē líng
去试一试。他想到鳖灵
hū rán chū xiàn　yòu néng zhì lǐ shuǐ
忽然出现，又能治理水
huàn　mò fēi shì shàng tiān pài tā lái
患，莫非是上天派他来
bāng zhù zì jǐ de
帮助自己的？

鳖灵了解水性，他采用了当初大禹治水的办法，以疏导为主，带领大家拓宽了壅塞的玉垒山水道。洪水终于顺畅地向下游奔腾而去，困扰蜀国多年的水患问题解决了！

在治水的过程中，鳖灵得到了百姓的信服。水患根除后，鳖灵在蜀国拥有了很高的威望。望帝是个贤明的君主，他仿效上古时期的圣人尧、舜，将王位让给了鳖灵，自己隐居起来。鳖灵成为蜀国的新王，号称开明帝。

望帝虽然隐居了，但心里一直挂念着蜀国的百姓。他死后化作一只小鸟，每到春夏农忙时节就会飞到田间，一声声地鸣叫：“播谷！播谷！”百姓听到这

读神话，学词语

隐居：退居乡里或乡野，深居不肯出仕。

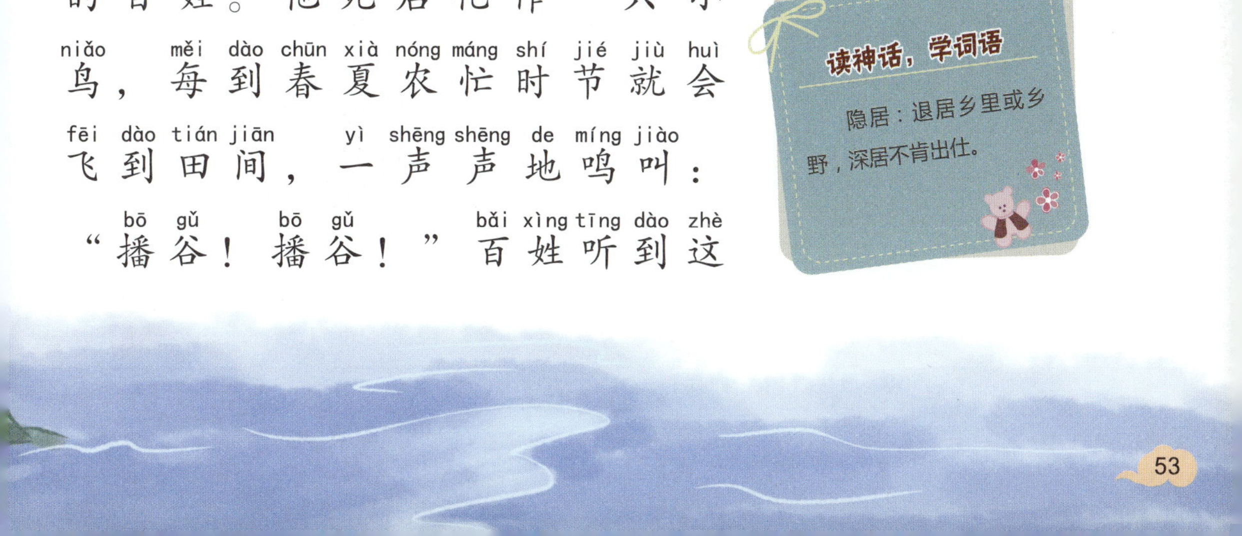

思来想去

现实生活中杜鹃鸟的叫声和“播谷”“不如归去”有何相似之处？

zhǒng shēng yīn dōu huì shuō zhè shì wǒ men
种声音，都会说：“这是我们

de wàng dì dù yǔ ya tā zài tí xǐng wǒ men gāi
的望帝杜宇呀！他在提醒我们该

sǎ zhǒng le
撒种了！”

zhè xiǎo niǎo jiù shì dù juān niǎo yě jiào
这小鸟就是杜鹃鸟，也叫

dù yǔ niǎo hěn jiǔ yǐ hòu shǔ guó bèi qín guó tūn bìng dù juān kàn
杜宇鸟。很久以后，蜀国被秦国吞并。杜鹃看

dào zì jǐ de guó jiā xiāo shī le xīn lǐ de yuàn hèn huà zuò shēng shēng bēi
到自己的国家消失了，心里的怨恨化作声声悲

míng bù rú guī qù bù rú guī qù měi dāng yuán lái shǔ guó
鸣：“不如归去！不如归去！”每当原来蜀国

de bǎi xìng tīng dào dù juān tí jiào jiù huì shuō zhè shì wàng dì zài huái niàn
的百姓听到杜鹃啼叫，就会说这是望帝在怀念

gù guó ya
故国呀！

读书心得

望帝作为国君，一心为百姓着想，当发现才华出众的鳖灵时，便主动退出，将王位让给了他，自己化为杜鹃鸟，默默地守护着人们。这种精神永远值得人们铭记。

shén qí de zhōng běi guó

神奇的终北国

chuán shuō wèi le zhì lǐ hóng shuǐ dà yǔ rì yè bēn bō dào guò
传说为了治理洪水，大禹日夜奔波，到过
tiān xià wàn guó yù dào le xǔ duō shén qí de shì qing
天下万国，遇到了许多神奇的事情。

zhè yí rì dà yǔ zài běi fāng jí yuǎn de dì fang mí le lù
这一日，大禹在北方极远的地方迷了路。
tā hé huǒ bàn men lái dào yí gè mò shēng de dì fang zhòng rén zài zhè lǐ
他和伙伴们来到一个陌生的地方。众人在这里
zǒu le hǎo jǐ tiān jìng rán méi kàn dào rèn hé yì zhī niǎo shòu yòu zǒu le
走了好几天，竟然没看到任何一只鸟兽。又走了
jǐ tiān jiù zài yì xíng rén yòu kě yòu lěi de shí hou dà yǔ tū rán
几天，就在一行人又渴又累的时候，大禹突然
yuǎn yuǎn kàn dào qián miàn bù yuǎn chù yǒu yì tiáo xiǎo xī àn biān hái yǒu xǔ
远远看到前面不远处有一条小溪，岸边还有许
duō rén yǐng zǒng suàn jiàn dào rén le dà yǔ zhè me xiǎng zhe
多人影。“总算见到人了！”大禹这么想着，
mǎ shàng lǐng zhe dà jiā xiàng xiǎo xī zǒu qù
马上领着大家向小溪走去。

读神话，学词语

谈天说地：指随便谈论，漫无边际。有时也指知识丰富，能广泛谈论各种事情。

děng zǒu jìn le dà yǔ kàn jiàn yí dà
等走近了，大禹看见一大

qún nán nǚ lǎo yòu zài nà lǐ tán tiān shuō dì
群男女老幼在那里谈天说地、

chàng gē tiào wǔ xī xiào dǎ nào shí fēn
唱歌跳舞、嬉笑打闹，十分

kuài lè yōu xián jiàn dà yǔ yì xíng rén zǒu
快乐悠闲。见大禹一行人走

jìn zhè qún rén háo bú zài yì réng jiù zài xī shuǐ biān shang kāi xīn de
近，这群人毫不在意，仍就在溪水边上开心地

wán lè
玩乐。

zhè yàng de chǎng miàn ràng dà yǔ tā men dào yǒu xiē bù hǎo yì si
这样的场面让大禹他们倒有些不好意思
le tóng shí yòu gǎn jué hěn xīn qí yú shì dà yǔ zhǎo dào yí gè
了，同时又感觉很新奇。于是，大禹找到一个
nián jì kàn qǐ lái shāo dà yì xiē de nán zǐ wèn dào qǐng wèn zhè
年纪看起来稍大一些的男子，问道："请问这
lǐ shì shén me dì fang wǒ men mí lù le zǒu le hǎo jǐ tiān néng
里是什么地方？我们迷路了，走了好几天，能
gěi wǒ men yì xiē shí wù ma tīng le zhè huà zhè ge nán zǐ xiǎn de
给我们一些食物吗？"听了这话，这个男子显得
yǒu xiē yí huò zhè lǐ shì zhōng běi guó
有些疑惑："这里是终北国。"

è le nà jiù hē zhè xī lǐ de shuǐ a
"饿了？那就喝这溪里的水啊！"

hē shuǐ
"喝水？"

nán zǐ kàn dà yǔ bù míng bai jiù nài xīn de gěi dà yǔ jiǎng le
男子看大禹不明白，就耐心地给大禹讲了
qǐ lái
起来。

yuán lái zài zhè ge zhōng běi guó de zhōng xīn yǒu yí zuò shān míng
原来，在这个终北国的中心有一座山，名
jiào hú lǐng shān de wài xíng jiù xiàng yì zhī kǒu xiǎo fù dà de táo píng
叫壶岭。山的外形就像一只口小腹大的陶瓶，
yīn cǐ dé míng shān shang yě shì guāng liū liū de cùn cǎo bù shēng zài
因此得名。山上也是光溜溜的，寸草不生。在
shān dǐng shang yǒu yí gè dòng kǒu dòng kǒu de xíng zhuàng xiàng yuán huán
山顶上有一个洞口，洞口的形状像圆环。

nán zǐ shuō cóng hú lǐng dòng kǒu yǒu quán shuǐ yǒng chū yí gè yuán
男子说，从壶岭洞口有泉水涌出。一个源

tóu fēn chéng sì gǔ shuǐ liú xiàng shān xià liú tǎng miàn qián de xiǎo xī jiù
头分成四股水流向山下流淌，面前的小溪就
shì qí zhōng zhī yī zhè ge quán shuǐ tè bié shén qí hē le bù jǐn néng
是其中之一。这个泉水特别神奇，喝了不仅能
zhǐ kě hái néng bǎo fù
止渴，还能饱腹。

shuō dào zhè lǐ nán zǐ lā zhe dà yǔ jìng zhí zǒu dào xī shuǐ
说到这里，男子拉着大禹径直走到溪水
biān yí kào jìn xī shuǐ dà yǔ ā de yì shēng qīng hū tā
边。一靠近溪水，大禹“啊”的一声轻呼——他
wén dào le yì gǔ sì lán rú guì de xiāng qì
闻到了一股似兰如桂的香气！

zhè shén quán bù jǐn shì xiāng hē zhe wèi dào gèng hǎo nán
“这神泉不仅是香，喝着味道更好！”男
zǐ zài páng biān gào su dà yǔ
子在旁边告诉大禹。

dà yǔ zhè shí yě gù bú shàng huí dá xiǎng lì kè pěng yì pěng shuǐ
大禹这时也顾不上回答，想立刻捧一捧水
hē xià qù bù xiǎng què bèi nán zǐ lán zhù le nán zǐ ràng dà yǔ bié
喝下去，不想却被男子拦住了。男子让大禹别
jí
急。

nán zǐ jiē zhe gào su dà yǔ zhōng běi guó zhè lǐ qì hòu wēn hé
男子接着告诉大禹，终北国这里气候温和，
méi yǒu niǎo shòu cǎo mù yīn wèi yǒu shén quán suǒ yǐ rén men bú yòng gēng
没有鸟兽草木。因为有神泉，所以人们不用耕
zhòng zhuāng jia zhōng běi guó de rén xìng qíng wēn wǎn qì zhì píng hé
种庄稼。终北国的人性情温婉、气质平和，
suǒ yǒu rén měi tiān jiù shì jù zài yì qǐ gāo gāo xìng xìng de yóu wán
所有人每天就是聚在一起，高高兴兴地游玩，

jiù xiàng dà yǔ jiàn dào de zhè yàng zhí dào zhōng lǎo
就像大禹见到的这样，直到终老。

zhè shì yí gè duō hǎo de dì fang ya dà yǔ zài xīn lǐ
“这是一个多好的地方呀！”大禹在心里
bù jīn gǎn tàn
不禁感叹。

quán shuǐ hěn xiāng tián lèi le de huà duō hē yì diǎnr hái
“泉水很香甜，累了的话，多喝一点儿还
néng shuì dà jiào ne yí jiào
能睡大觉呢！一觉
kě yǐ shuì shí jǐ tiān xǐng lái
可以睡十几天，醒来
hòu shì shén qīng qì shuǎng bǎi bìng
后是神清气爽、百病
quán wú dà yǔ zhè cái míng
全无。”大禹这才明
bai nán zǐ shì pà tā hē duō
白，男子是怕他喝多
le xī shuǐ shuì zháo le
了溪水睡着了。

dà yǔ dī xià tóu wān
大禹低下头，弯
xià yāo shuāng shǒu pěng qǐ yì
下腰，双手捧起一
pěng shuǐ hē le xià qù guǒ
捧水，喝了下去。果

rán wèi dào gān tián jī è de gǎn jué yě yì sǎo ér kōng zài dà yǔ
然，味道甘甜，饥饿的感觉也一扫而空。在大禹

wān yāo hē shuǐ shí nà ge nán zǐ huí dào le huān lè de rén qún zhōng
弯腰喝水时，那个男子回到了欢乐的人群中。

dà yǔ jué de zhōng běi guó hěn shén qí yú shì biàn yì lián zài zhè
大禹觉得终北国很神奇，于是便一连在这

lǐ zhù le shí tiān
里住了十天。

chuán shuō hòu lái zhōu mù wáng yě dào guò zhōng běi guó bìng qiě zài
传说，后来周穆王也到过终北国，并且在

zhè lǐ yì dāi jiù shì sān nián huí jiā hòu de zhōu mù wáng hái yì zhí hěn
这里一待就是三年。回家后的周穆王还一直很

huái niàn zài zhōng běi guó de rì zi ne
怀念在终北国的日子呢！

读书心得

因为奇特的风俗习惯和神奇泉水的作用，终北国的人们无须吃饭，没有庄稼，也没有动物。各地方会形成不同的文化和习俗，跟当地的地理和自然条件是分不开的。

jiàn mù hé tiān tī
建木和天梯

tiān tī lìng rén shén wǎng yīn wèi gǔ rén jīn rén dōu yǒu shàng jiǔ
天梯令人神往，因为古人、今人都有上九
tiān lǎn yuè de zhì xiàng a duì dà duō shù rén lái shuō jiàn mù jiù shì
天揽月的志向啊！对大多数人来说，建木就是
tiān tī de dài míng cí suī rán shén huà zhōng tiān tī bù zhǐ jiàn mù zhè yì
天梯的代名词，虽然神话中天梯不只建木这一
zhǒng chuán shuō tiān tī jiàn mù shì tiān dì suǒ zào fāng biàn tiān shén zài
种。传说，天梯建木是天帝所造，方便天神在
tiān shàng hé rén jiān lái wǎng
天上和人间来往。

xiāng chuán nà shí hou shì jiè fēn wéi tiān shàng hé rén jiān liǎng gè
相传，那时候世界分为天上和人间两个
bù fen tiān shàng shì shén xiān men jū zhù de chǎng suǒ pǔ tōng rén shì
部分。天上是神仙们居住的场所，普通人是
shàng bú qù de zài dōu guǎng zhī yě zhè ge dì fang yě jiù shì chuán
上不去的。在都广之野这个地方，也就是传
shuō zhōng de dà dì de zhōng yāng tiān dì zāi xià yì kē shén qí de shù
说中的大地的中央，天帝栽下一棵神奇的树。

zhè kē shù néng tōng wǎng tiān shàng zhǐ yào shùn zhe zhè kē shù wǎng
这棵树能通往天上，只要顺着这棵树往

shàng pá jiù néng dào dá tiān jiè dāng rán tiān shén yě kě yǐ
上爬，就能到达天界。当然天神也可以

shùn zhe tā xià dào rén jiān zhè jiù shì jiàn mù yě jiào zuò
顺着它下到人间。这就是建木，也叫作

tiān tī jiàn mù shì hěn qí tè de zhí wù lǜ sè de yè
天梯。建木是很奇特的植物，绿色的叶

zi zǐ sè de shù gàn hēi hóng sè de huā huáng sè de guǒ
子，紫色的树干，黑红色的花，黄色的果

shí jiàn mù de huā hé guǒ shí dōu shì shén yào gèng wéi qí tè
实。建木的花和果实都是神药。更为奇特

de shì jiàn mù zhí tōng tiān shàng què yì gēn cè zhī yě méi
的是，建木直通天上，却一根侧枝也没

yǒu yuǎn kàn jiù xiàng guāng liū liū
有。远看就像光溜溜

de yì gēn jù zhù kě yòng shǒu zài
的一根巨柱，可用手在

tā de shù gàn shang yì lā jiù yǒu
它的树干上一拉，就有

ruǎn mián mián chě bú duàn de shù pí tuō
软绵绵扯不断的树皮脱

luò xià lái zài jiàn mù shēng zhǎng de dì fang bù guǎn shì hán
落下来。在建木生长的地方，不管是寒

lěng de dōng tiān hái shi kù rè de xià tiān dōu néng jìn xíng bō
冷的冬天还是酷热的夏天，都能进行播

zhòng shēng zhǎng chū lái de mǐ dòu gǔ wèi dào tè bié
种，生长出来的米、豆、谷，味道特别

hǎo zhè lǐ cǎo mù cháng qīng jù jí zhe hěn duō fēi qín zǒu
好。这里草木常青，聚集着很多飞禽走

读神话，学词语

脱落：掉下、掉落，指附着的东西掉下来。可用于植物表皮、毛发、牙齿等。

shòu xiàng rén jiān de lè
兽，像人间的乐
yuán yí yàng
园一样。

dāng zhèng wǔ de
当正午的
tài yáng zhào zài jiàn mù
太阳照在建木
shang shí yì diǎnr
上时，一点儿
yǐng zi dōu méi yǒu yīn
影子都没有，因
wèi jiàn mù suǒ zài zhī dì
为建木所在之地
shì tiān dì de zhōng xīn
是天地的中心。

思来想去

神话故事中都有谁顺着建木爬到天上呢？

pá shàng tiān tī jiù néng dào dá shén xiān zhù de dì fang dàn
爬上天梯，就能到达神仙住的地方，但

pān pá jiàn mù duì rén lèi lái shuō tài nán le zuì zǎo zhǐ yǒu sān huáng zhōng
攀爬建木对人类来说太难了！最早只有三皇中

de fú xī yōng yǒu pān pá jiàn mù de běn lǐng měi dāng fú xī yù dào nán
的伏羲拥有攀爬建木的本领。每当伏羲遇到难

tí tā jiù huì lái dào jiàn mù xià tōng guò jiàn mù pá dào tiān shàng
题，他就会来到建木下，通过建木爬到天上，

jiè zhù tiān shén de zhì huì lái jiě jué rén jiān de kùn nan bǎ rén jiān zhì
借助天神的智慧来解决人间的困难，把人间治

lǐ de yuè lái yuè hǎo fú xī chéng wéi dì yī gè shùn zhe jiàn mù dào dá
理得越来越好。伏羲成为第一个顺着建木到达

tiān shàng de rén chuán shuō hòu lái huáng dì yě céng jīng pá jiàn mù shàng
天上的人。传说，后来黄帝也曾经爬建木上

guò tiān
过天。

读书心得

今天建木天梯不在了，但人类却实现了登天的梦想。人类现在借助火箭飞船上太空。未来人类的目标是星际旅行，第一站是火星。

神荼郁垒和白泽

很久很久以前，在广阔无垠的东海里，有一座风景优美的小岛。岛上有座神山，名叫度朔山，又名桃都山。山上有一棵枝叶繁茂的大桃树。这棵桃树非常大，枝干盘曲交错，遮盖了方圆三千里的地面。

这棵桃树的东北端有弯曲的枝干，垂到地面就像一扇天然的大门，这就是鬼门。天下所有的妖魔鬼怪，想出入人

读神话，学词语

广阔无垠：多用来形容天空、大地、草原、海洋以及森林等的广大，没有边际。

jiān dōu bì xū jīng guò zhè shàn guǐ mén yǒu mén
间都必须经过这扇鬼门。有门，
jiù yào yǒu rén kān shǒu tiān dì pà guǐ guài huò hai rén
就要有人看守。天帝怕鬼怪祸害人
jiān pài le liǎng gè shén jiàng bǎ shǒu
间，派了两个神将把守
guǐ mén yí gè jiào shén tú yí gè
鬼门，一个叫神荼，一个

叫郁垒。这两位天神十分威武，并且目光如炬。他们每天都会检阅天下万鬼，如果发现有为非作歹的，就用苇索把鬼捆绑起来，去喂老虎。

时间久了，两位神将在鬼怪中都极有威信。鬼怪们惧怕神荼、郁垒，听到他们的名字都瑟瑟发抖。尽管神荼、郁垒这样厉害，但仍有些恶鬼在人间作恶。黄帝发现

读神话，学词语

目光如炬：意思是眼睛亮得像火炬一样，气势逼人。这里是形容洞察一切。

hòu biàn xiǎng chū le yí gè jiè
后，便想出了一个借

zhù shén tú yù lěi zhī wēi lái qū
助神荼、郁垒之威来驱

zhú è guǐ de bàn fǎ zhè ge bàn
逐恶鬼的办法。这个办

fǎ jiù shì ràng bǎi xìng zài fáng
法就是：让百姓在房

wū dāng zhōng lì shàng táo mù mén
屋当中立上桃木，门

hù shang huà shàng shén tú yù lěi
户上画上神荼、郁垒

hé lǎo hǔ de xíng xiàng zài bǎ wěi
和老虎的形象，再把苇

suǒ xuán guà zài mén hù shàng fāng
索悬挂在门户上方。

yòng zhè xiē dōng xi lái dǐ yù xiōng
用这些东西来抵御凶

xié xià zhù nà xiē tōu tōu zài rén
邪，吓住那些偷偷在人

jiān zuò huài shì de guǐ guài shén
间做坏事的鬼怪。神

tú yù lěi yīn cǐ yě bèi rén men
荼、郁垒因此也被人们

chēng wéi mén shén
称为门神。

jīng guò duō cì shì yàn
经过多次试验，

zhè ge fāng fǎ shí fēn líng yàn
这个方法十分灵验。

读神话，学词语

漏网：鱼虾从网中逃脱，这里用来比喻坏蛋侥幸逃脱。

zì cóng mén hù shang huà shàng le shén tú hé yù
自从门户上画上了神荼和郁
lěi rén men de shēng huó jiù ān níng le hěn
垒，人们的生活就安宁了很
duō huà mén shén guà mén shén de xí sú yì
多。画门神、挂门神的习俗一
zhí yán xù xià lái zhí dào jīn tiān táo mù yě
直延续下来直到今天。桃木也
chéng wéi chuán shuō zhōng néng qū xié de líng mù
成为传说中能驱邪的灵木。

guāng qū zhú hái bù xíng guǐ guài de zhǒng lèi hé shù liàng tài duō
光驱逐还不行，鬼怪的种类和数量太多
le lǎo yǒu lòu wǎng de guǐ guài xiǎng yào wéi fēi zuò dǎi zhè kě zěn me
了，老有漏网的鬼怪想要为非作歹。这可怎么
bàn ne
办呢？

huáng dì hū rán xiǎng qǐ
黄帝忽然想起
zì jǐ zài xún shì dōng hǎi shí
自己在巡视东海时，
céng zài huán shān yù dào guò yì zhī
曾在桓山遇到过一只
hún shēn xuě bái de shén shòu míng
浑身雪白的神兽，名
jiào bái zé chuán shuō bái zé
叫白泽。传说，白泽
yǒu ràng rén féng xiōng huà jí de běn
有让人逢凶化吉的本
lǐng shì xiáng ruì de xiàng zhēng
领，是祥瑞的象征。

bái zé néng shuō rén huà duì tiān xià wàn shì wàn wù wú suǒ bù zhī huáng
白泽能说人话，对天下万事万物无所不知。黄
dì tè yì qù qǐng jiào bái zé jié guǒ bái zé shuō chū le tiān xià suǒ yǒu
帝特意去请教白泽，结果白泽说出了天下所有
guǐ guài de míng zi xíng mào běn lǐng hé qū chú de fāng fǎ huáng dì
鬼怪的名字、形貌、本领和驱除的方法。黄帝
yì tīng gǎn máng zhǎo lái huà shī ràng tā gēn jù bái zé de jiǎng shù huà
一听，赶忙找来画师，让他根据白泽的讲述画
xià guǐ guài měi gè guǐ guài huà liǎng zhāng tú yì zhāng yóu huáng dì qīn
下鬼怪。每个鬼怪画两张图，一张由黄帝亲
zì zhǎng wò lìng yì zhāng jiāo gěi shén tú hé yù lěi zhè yàng fàn le
自掌握，另一张交给神荼和郁垒。这样，犯了
zuì de guǐ guài jiù zài yě wú fǎ yǐn cáng zì jǐ de shēn fèn bù dé bù
罪的鬼怪就再也无法隐藏自己的身份，不得不
jǐn shèn qǐ lái rén jiān zhōng yú biàn ān quán le
谨慎起来。人间终于变安全了。

读书心得

每位天神都有自己的使命，都有自己的本领，白泽无所不知，神荼和郁垒能震慑恶鬼，即使是神也要工作啊。

昆仑山的故事

“炎黄”的称呼举世闻名，炎指的是炎帝，黄指的是黄帝。黄帝是人类的首领、帝王。传说，他在人间有一座庄严华美的宫殿，就建在昆仑山上。那里也是他的都城。

昆仑山在神话传说里鼎鼎大名，具有崇高的地位，被称为万山之祖，也是众神之乡。传说，昆仑山离天很近，所以黄帝把宫殿建在这里。昆仑山方圆八百

读神话，学词语

都城：也就是首都，是国家的政治中心和政府所在地。

lǐ gāo bā qiān zhàng shān de měi yí miàn yǒu jiǔ kǒu
里，高八千丈。山的每一面有九口

jǐng měi kǒu jǐng dōu yòng hǎo de yù shí lái zuò lán gān
井，每口井都用好的玉石来做栏杆。

shān de měi yí miàn yòu yǒu jiǔ dào mén dōng fāng zuì zhōng
山的每一面又有九道门。东方最中

jiān de yí shàn mén jiù shì kūn lún shān de zhèng mén
间的一扇门，就是昆仑山的正门，

míng jiào tiān míng mén fǎng kè xiǎng
名叫天明门。访客想

yào jìn rù huáng dì de gōng diàn jiù
要进入黄帝的宫殿，就

bì xū cóng zhè zuò mén jīng guò tiān
必须从这座门经过。天

míng mén qián yǒu shén shòu zhèn shǒu
明门前有神兽镇守，

míng jiào kāi míng shòu kāi míng shòu
名叫开明兽。开明兽

kàn shàng qù shí fēn wēi měng shēn tǐ
看上去十分威猛，身体

xiàng jù dà de lǎo hǔ zhǎng zhe jiǔ
像巨大的老虎，长着九

gè tóu dàn dōu shì rén miàn biǎo
个头，但都是人面，表

qíng yán sù yǎn jing yuán zhēng tā
情严肃，眼睛圆睁。他

shǐ zhōng miàn xiàng dōng fāng zhàn lì
始终面向东方站立，

bú ràng rèn hé yì cháng zhī wù jìn rù
不让任何异常之物进入

kūn lún shān　bǎo wèi kūn lún ān níng　chuán shuō kāi
昆仑山，保卫昆仑安宁。传说开

míng shòu hái yǒu dòng chá wàn wù hé yù zhī wèi lái
明兽还有洞察万物和预知未来

de néng lì
的能力。

wèi huáng dì guǎn
为黄帝管

lǐ zhěng zuò gōng diàn de
理整座宫殿的

shì yí gè míng jiào lù wú
是一个名叫陆吾

的天神。他可以说是整座都城的大管家。当黄帝去和妖魔或恶神争斗时，陆吾就会守卫好自己管辖的所有区域——除了都城，他还管理着天上的九个区域，并且还负责宫殿花园的时节安排。陆吾面貌奇特，长着人的脸，老虎的身子，有九条尾巴。

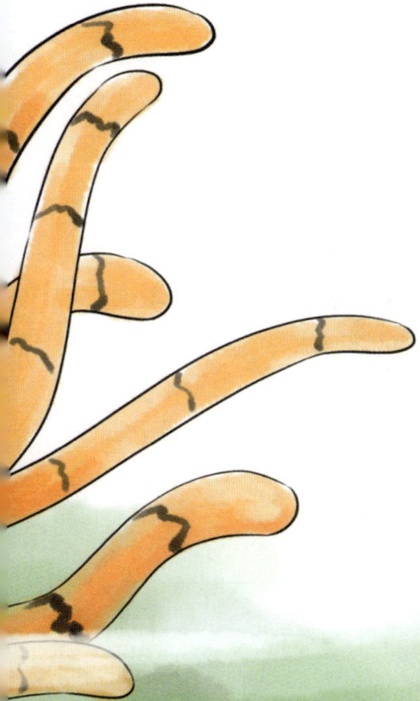

陆吾和开明兽是一对好搭档。陆吾职权很大，看起来很严肃。他总是在巡察昆仑，不过，他对山上的生灵十分纵容。只要不过分，对它们闹出的小事情他一般很少理会。

读神话，学词语

纵容：放任，不加拘束。对错误的行为不加制止，任其发展。这里是宽容的意思。

昆仑山最高的地方生

zhǎng zhe yì zhū jù dà de shén dào gāo sì zhàng yào wǔ gè rén cái néng
长着一株巨大的神稻，高四丈，要五个人才能
bǎ tā wéi zhù tā de zhōu wéi yǒu zhū shù bù sǐ shù láng gān shù
把它围住。它的周围有珠树、不死树、琅玕树，
shù shang yǒu fèng huáng hé luán niǎo chuán shuō láng gān shù de guǒ shí rú tóng
树上有凤凰和鸾鸟。传说，琅玕树的果实如同
měi yù shì fèng huáng hé luán niǎo de shí wù huáng dì pài le yí gè zhǎng
美玉，是凤凰和鸾鸟的食物。黄帝派了一个长
zhe sān gè nǎo dai de tiān shén kān shǒu zhè lǐ tiān shén de sān gè nǎo dai
着三个脑袋的天神看守这里。天神的三个脑袋
lún liú zhí bān wú shí wú kè bù dīng zhe zhè lǐ wú lùn shì shuí dōu
轮流值班，无时无刻不盯着这里。无论是谁，都

bié xiǎng dòng yí xià zhè lǐ de shén dào hé bǎo shù
别想动一下这里的神稻和宝树。

hái yào shuō yí xià kūn lún shān fàn wéi guǎng dà cóng kūn lún shān
还要说一下，昆仑山范围广大，从昆仑山
diān xiàng dōng běi zǒu sì bǎi lǐ jiù dào le kūn lún shān de zhōng bù
巅向东北走四百里，就到了昆仑山的中部。
zhè lǐ yǒu zuò míng jiào huái jiāng shān de dà shān huái jiāng shān shang yǒu yí
这里有座名叫槐江山的大山。槐江山上有一
zuò měi lì de dà yuán pǔ jiào zuò xuán pǔ yīn wèi tā de wèi zhì hěn
座美丽的大园圃，叫作悬圃。因为它的位置很
gāo hǎo xiàng xuán guà zài kōng zhōng suǒ yǐ cái yǒu zhè ge míng zi xuán
高，好像悬挂在空中，所以才有这个名字。悬
pǔ yě shǔ yú huáng dì guǎn lǐ zhè zuò yuán pǔ de shì yí gè jiào yīng zhāo
圃也属于黄帝，管理这座园圃的是一个叫英招
de tiān shén tā zhǎng zhe mǎ shēn rén miàn hún shēn hǔ bān hái yǒu yì
的天神。他长着马身人面，浑身虎斑，还有一
shuāng chì bǎng kě yǐ téng kōng fēi xiáng yīng zhāo měi tiān bú duàn zài yuán
双翅膀，可以腾空飞翔。英招每天不断在园
zhōng xún shì yǔ bǎi huā zhī shén chéng wéi péng you jiāng yuán pǔ guǎn lǐ
中巡视，与百花之神成为朋友，将园圃管理
de shēng jī bó bó bú guò zuì zhí dé jì zhù de shì yīng zhāo duō cì
得生机勃勃。不过最值得记住的是，英招多次
cān jiā huáng dì zhēng fá xiōng shén è guǐ de zhàn
参加黄帝征伐凶神恶鬼的战
zhēng chuán shuō tiān shén yīng zhāo hòu lái hái
争。传说，天神英招后来还
céng xié zhù dà yǔ zhū shā jiǔ tóu è shén lì
曾协助大禹诛杀九头恶神，立
xià le hěn dà de gōng jì
下了很大的功绩。

读神话，学词语

诛杀：杀掉有罪的人。

kūn lún shān shang hái yǒu yí wèi shì rén jiē zhī de shén líng tā jiù
昆仑山上还有一位世人皆知的神灵，她就

shì xī wáng mǔ tā de gù shi zán men xià miàn jiǎng
是西王母。她的故事咱们下面讲。

读书心得

昆仑山可以说是中国神话里最神秘的地方。那里什么样子？那里都有什么？那里都有谁？看完这个故事，你都知道了吗？

xī wáng mǔ de gù shi

西王母的故事

xī wáng mǔ shì shén huà zhōng de zhù míng tiān shén, tā yě jiù shì
西王母是神话中的著名天神，她也就是
hòu lái cháng shuō de wáng mǔ niáng niang
后来常说的王母娘娘。

chuán shuō, xī wáng mǔ zǎo xiān de shí hou, shì kūn lún shān shang
传说，西王母早先的时候，是昆仑山上
yí gè fēi cháng guài yì de shén rén. tā zhǎng zhe rén de wài xíng, shēn
一个非常怪异的神人。她长着人的外形，身
hòu què tuō zhe yì tiáo bào de wěi ba. xī wáng mǔ de yá chǐ xiàng lǎo hǔ
后却拖着一条豹的尾巴。西王母的牙齿像老虎
yí yàng fēng lì, tóu fa zǒng shì luàn péng péng de, dài zhe yù zhì de
一样锋利，头发总是乱蓬蓬的，戴着玉制的
shǒu shì, kàn shàng qù xiōng xiōng de yàng zi. xī wáng mǔ méi shì de shí
首饰，看上去凶凶的样子。西王母没事的时
hou, jiù xǐ huan hū xiào, tīng qǐ lái hěn xià rén. xī wáng mǔ nà shí
候，就喜欢呼啸，听起来很吓人。西王母那时
hou zhǎng guǎn de shì jiàng xià zāi hài hé xíng fá, suǒ yǐ zhè fù mú yàng
候掌管的是降下灾害和刑罚，所以这副模样

yě bù qí guài
也不奇怪。

bù zhī cóng shén me shí
不知从什么时

hou kāi shǐ xī wáng mǔ dé
候开始，西王母得

dào le kūn lún shān zhòng shén de
到了昆仑山众神的

rèn kě chéng wéi yì fāng shǒu
认可，成为一方首

lǐng zhè shí de tā běn lǐng
领。这时的她本领

gāo qiáng shén miào yì cháng
高强、神妙异常。

yú shì xī wáng mǔ yě jiù méi
于是西王母也就没

yǒu le zuì chū de miàn mào
有了最初的面貌，

huà shēn wéi cí méi shàn mù
化身为慈眉善目、

hé ǎi kě qīn de nǚ shén
和蔼可亲的女神。

西王母最有名的宝贝是一株名叫不死树的神树。用不死树结出的果子可以炼出不死神药。吃了不死神药的人，可以获得长生，永远不会死去。就算死去的人，吃了它也可以起死回生，重新获得生命。

西王母平时住在灵气弥漫、高耸入云的昆仑山的山洞之中。西王母养了三只青鸟，一只叫大鵹，一只叫少鵹，一只就叫青鸟。它们长着红色的脑袋，黑色的眼睛，身体雄健，是具有灵性的吉祥之鸟，而且力大无穷。三只青鸟非常忠诚，它们每天轮流给西王母找吃的，然后供西王母食用。三

读神话，学词语

弥漫：一般指烟尘或水雾布满整个地方，充满一定空间，到处都是。

读神话，学词语

忠诚：为忠于的对象能付出自己的一切，捍卫信义。

zhī qīng niǎo hái gěi xī wáng mǔ chuán sòng tiān shàng hé rén jiān de gè
只青鸟还给西王母传送天上和人间的各

zhǒng xiāo xi xī wáng mǔ fēi cháng yī lài tā men měi cì chū mén
种消息。西王母非常依赖它们，每次出门

dōu yào dài zhe qīng niǎo
都要带着青鸟。

xī wáng mǔ shén fǎ gāo qiáng yòu yǒu shén shù shén shān
西王母神法高强，又有神树、神山、

shén niǎo xiāng hù yīn cǐ zài tiān jiè hé rén jiān de míng shēng yuè
神鸟相护，因此在天界和人间的名声越

lái yuè dà xī wáng mǔ zài rén jiān míng shēng dà hái yīn wèi tā céng
来越大。西王母在人间名声大还因为她曾

jīng bāng zhù guò bù shǎo yīng xióng hé dì wáng
经帮助过不少英雄和帝王。

shè diào le jiǔ gè tài yáng de hòu yì wèi le néng hé měi
射掉了九个太阳的后羿，为了能和美

lì de qī zi cháng é yǒng yuǎn xiāng bàn lái xiàng xī wáng mǔ tǎo
丽的妻子嫦娥永远相伴，来向西王母讨

guò bù sǐ yào zuì zhōng cháng é yí gè rén fēi
过不死药。最终，嫦娥一个人飞

shàng le yuè gōng
上了月宫。

yáo dì shàn wèi gěi shùn dì shí yóu yú shùn
尧帝禅位给舜帝时，由于舜

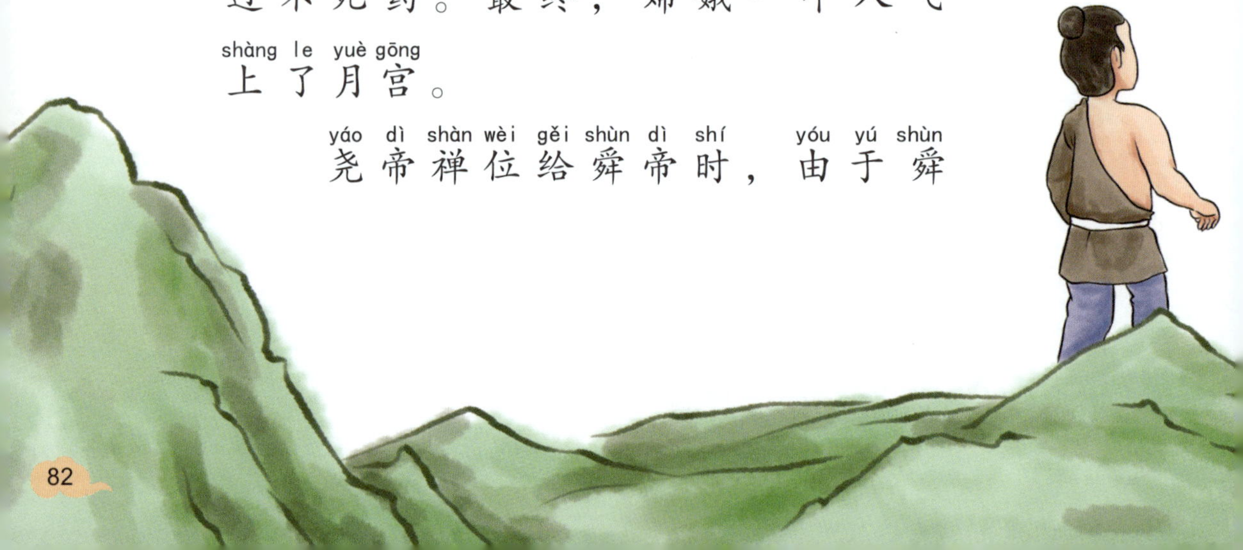

dì de dé zhèng ràng tiān xià shòu yì
帝的德政让天下受益，
yīn cǐ sì fāng de bù zú dōu xīn yuè
因此四方的部族都心悦
chéng fú tài yáng hé yuè liang zhào dào
诚服，太阳和月亮照到
de dì fang dōu shì zhè yàng zhè shí
的地方都是这样。这时，
xī wáng mǔ yě yīn wèi shùn dì de rén
西王母也因为舜帝的仁
dé lái jiàn shùn dì xī wáng mǔ xiàn
德来见舜帝。西王母献
gěi shùn dì yí jiàn bǎo bèi yì gēn bái sè de yù guǎn zuò wéi lǐ wù
给舜帝一件宝贝，一根白色的玉管，作为礼物。
zhōu mù wáng shí xī wáng mǔ shèng qíng kuǎn dài le xī yóu de zhōu mù wáng
周穆王时，西王母盛情款待了西游的周穆王。
zài xī wáng mǔ de yàn huì shang zhōu mù wáng pǐn cháng le kūn lún shān zhòng
在西王母的宴会上，周穆王品尝了昆仑山众
shén de shí wù hé shén chá xī wáng mǔ hái lǐng zhe tā yóu lǎn kūn lún shān
神的食物和神茶。西王母还领着他游览昆仑山
de shén qí jǐng sè zhōu mù wáng wán de dōu bú yuàn yì huí jiā le
的神奇景色。周穆王玩得都不愿意回家了。
dào hàn wǔ dì shí xī wáng mǔ zài cì shèng dà zhāo dài hàn wǔ
到汉武帝时，西王母再次盛大招待汉武
dì yàn xí shang yǒu wú shù qí zhēn yì guǒ hé yù yè qióng jiāng zhè
帝。宴席上，有无数奇珍异果和玉液琼浆。这

还不算，西王母又叫仙女摘来七颗蟠桃。这蟠桃真是无比美味，汉武帝吃了四个后，竟然还把桃核收了起来。西王母问他为什么。汉武帝说他想带回去种。西王母告诉汉武帝，蟠桃三千年才结一次果，人间种不了。传说，汉武帝的宠臣东方朔后来曾经三次偷西王母的蟠桃吃。

思来想去

西王母有很多宝物，都有哪些呢？

读书心得

在我们印象中，西王母是一个年轻美丽的母亲形象。不过，《山海经》中的西王母的形象却是豹尾虎牙、蓬发吼叫。可这又像不像发怒的母亲？神话来源于生活，这话真没错啊。

é huáng hé nǚ yīng

娥皇和女英

zài shùn dì shí dài dà dì
在舜帝时代，大地
shang réng rán yǒu hěn duō è shòu sì
上仍然有很多恶兽四
chù zuò è hú nán de jiǔ yí shān
处作恶。湖南的九嶷山
shang chū xiàn le jiǔ tiáo è lóng
上出现了九条恶龙，
tā men cháng cháng qù fù jìn de xiāng
它们常常去附近的湘
jiāng lǐ xì shuǐ yóu yú tā men tǐ
江里戏水。由于它们体
xíng jù dà běn shēn yòu yǒu kòng
型巨大，本身又有控
shuǐ de shén tōng měi dāng tā men
水的神通，每当它们
chū xiàn dāng dì de lǎo bǎi xìng jiù
出现，当地的老百姓就

zāo le yāng hóng shuǐ fān gǔn zhuāng
遭了殃。洪水翻滚，庄
jia bèi chōng huǐ fáng wū bèi chōng
稼被冲毁，房屋被冲
tā bǎi xìng shēng huó zài shuǐ shēn
塌，百姓生活在水深
huǒ rè zhī zhōng
火热之中。

shùn dì ài mín rú zǐ yí
舜帝爱民如子，一
xiàng guān xīn bǎi xìng de jí kǔ
向关心百姓的疾苦。
dāng tā tīng shuō yǒu è lóng chū xiàn
当他听说有恶龙出现
huò hai bǎi xìng shí lì kè zuò wò
祸害百姓时，立刻坐卧
bù níng yì xīn xiǎng qīn zì qù chú
不宁，一心想亲自去除
hài wèi bǎi xìng jiě chú wēi nàn
害，为百姓解除危难。

shùn dì de liǎng wèi qī zi é
舜帝的两位妻子娥
huáng hé nǚ yīng shí fēn wēn liáng xián
皇和女英十分温良、贤
huì zài shùn dì de yǐng xiǎng xià
惠，在舜帝的影响下，

yě hěn guān xīn bǎi xìng de shēng huó jí kǔ suǒ yǐ dāng shùn dì tí chū
也很关心百姓的生活疾苦。所以，当舜帝提出

yào yuǎn xíng shí tā men suī rán hěn dān xīn dàn yì xiǎng dào shòu kǔ shòu
要远行时，她们虽然很担心，但一想到受苦受

nàn de xiāng jiāng bǎi xìng hái shi bāng zhù shùn dì zhěng lǐ le xíng zhuāng
难的湘江百姓，还是帮助舜帝整理了行装，

mù sòng tā chū mén yuǎn xíng
目送他出门远行。

shùn dì zǒu hòu é huáng hé nǚ yīng měi tiān dōu zài pàn zhe tā dǎ
舜帝走后，娥皇和女英每天都在盼着他打

bài è lóng kǎi xuán kě shì zhè yàng de xiāo xi chí chí méi yǒu chuán lái
败恶龙凯旋，可是这样的消息迟迟没有传来。

tā men kāi shǐ wèi shùn dì qí dǎo xī wàng tā yí qiè shùn lì zǎo rì
她们开始为舜帝祈祷，希望他一切顺利，早日

guī lái kě shì yì nián yòu yì nián guò qù le yàn zi lái qù le jǐ
归来。可是一年又一年过去了，燕子来去了几

huí huā kāi huā luò le hǎo jǐ cì shùn dì yī rán yǎo wú yīn xìn é
回，花开花落了好几次，舜帝依然杳无音信。娥

huáng hé nǚ yīng zài yě rěn bú zhù le
皇和女英再也忍不住了。

é huáng shuō rú guǒ tā shēng bìng le yě xǔ xiàn zài zhèng
娥皇说：“如果他生病了，也许现在正

shì xū yào wǒ men de shí hou
是需要我们的时候！”

nǚ yīng shuō rú guǒ tā mí lù
女英说：“如果他迷路

le yù dào wēi xiǎn le duō me xū yào yǒu
了、遇到危险了，多么需要有

rén bāng zhù tā a
人帮助他啊！”

读神话，学词语

杳无音信：一点儿消息也没有，形容失去联系或没有联系。

她们思前想后，决定一起出发去看一看、问一问。两个人一条心，她们不去想路上会遇到什么艰险，一心只想早日到达湘江，找到舜帝。她们翻过一座座山，蹚过一条条河，终于来到了那座九嶷山。这里已经没有了九条恶龙，可是舜帝去哪里了呢？

娥皇和女英找遍了九嶷山的每个山村，搜遍了九嶷山的每条小路，可还是没有找到舜帝的踪影。她们越来越担心了。有一天，她们

来到了一个叫“三峰石”的地方。这个地方叫这个名字，是因为有三块巨大的石头耸立在这里。在巨石旁边，两人发现了一座由珍珠垒成的高大的坟墓。坟墓被翠绿的竹子围绕，显得格外肃穆。

读神话，学词语

肃穆：严肃，庄重，恭敬。多用于严肃、庄严的场合。

这里一定埋葬着一位极受人尊重的人物。

她们问附近的村民：“是谁长眠在这里，坟墓竟如此庄严隆重？”

村民们眼含热泪地告诉她们：“这是舜帝的坟墓。他是君王，更是大英雄！他从遥远的北方来到这里，帮我们铲除了九条恶龙，让我们过上了安乐的生活，自己却献出了生命！”

娥皇和女英这才知道，原来她们等不

dào shùn dì guī lái shì yīn wèi tā zǎo jiù lí kāi
到舜帝归来，是因为他早就离开
le rén shì zhè zuò fén mù lǐ tǎng zhe de jiù shì
了人世。这座坟墓里躺着的就是
tā men yì zhí zài děng de rén xiāng jiāng de lǎo
她们一直在等的人。湘江的老
bǎi xìng yīn wèi gǎn jī shùn dì tè dì wèi tā xiū
百姓因为感激舜帝，特地为他修
jiàn le zhè zuò fén mù sì hū yě shì wèi le bào
建了这座坟墓。似乎也是为了报
dá shùn dì jiǔ yí shān shang de yì qún shén niǎo
答舜帝，九嶷山上的一群神鸟
míng jiào píng xiāo què cóng dōng hǎi xián lái yì kē
名叫凭霄雀，从东海衔来一颗
kē cuǐ càn duó mù de zhēn zhū pāo zài shùn dì de
颗璀璨夺目的珍珠，抛在舜帝的
fén mù shang zhè cái yǒu le zhè zuò zhēn zhū mù
坟墓上，这才有了这座珍珠墓。
zhì yú nà sān kuài jù shí shì shùn dì zài zhǎn
至于那三块巨石，是舜帝在斩
chú è lóng shí yòng de sān bǎ bǎo jiàn chā zài dì
除恶龙时用的三把宝剑插在地
shang biàn chéng de
上变成的。

é huáng hé nǚ yīng bēi tòng wàn
娥皇和女英悲痛万
fēn liǎng rén bào tóu tòng kū jiǔ
分，两人抱头痛哭。九

tiān jiǔ yè guò qù le tā men de yǎn jing kū zhǒng le sǎng zi kū yǎ
天九夜过去了，她们的眼睛哭肿了，嗓子哭哑

le yǎn lèi yě liú gān le zuì hòu tā men yǎn jing lǐ liú chū le xuè
了，眼泪也流干了。最后，她们眼睛里流出了血

lèi zài shùn dì de fén mù biānshuì dǎo zài yě méi yǒu qǐ lái
泪，在舜帝的坟墓边睡倒，再也没有起来。

é huáng hé nǚ yīng de yǎn lèi dī zài jiǔ yí shān de zhú zi shang
娥皇和女英的眼泪滴在九嶷山的竹子上，

zhú zi shang chū xiàn le diǎn diǎn de lèi bān xiān hóng xiān hóng de wèi
竹子上出现了点点的泪斑，鲜红鲜红的。为

le jì niàn é huáng hé nǚ yīng rén men jiù bǎ zhè xiē zhú zi chēng wéi
了纪念娥皇和女英，人们就把这些竹子称为

xiāng fēi zhú
湘妃竹。

读书心得

舜帝听到百姓受苦的消息，依然决定远赴湘江，为民除害，献出了自己的生命。他是个很有责任感的人类首领。他的妻子娥皇和女英泪洒湘江殉情而死，是忠贞的化身。

tiān shén shǎo hào de bǎi niǎo zhī guó
天神少昊的百鸟之国

shǎo hào shì yuǎn gǔ dōng yí zú de shǒu lǐng qián miàn zán men jiǎng
少昊是远古东夷族的首领。前面咱们讲
guò zhuān xū céng gēn zhe tā xué xí
过，颛顼曾跟着他学习
guò yīn yuè shǎo hào de mǔ qīn shì
过音乐。少昊的母亲是
huáng dì de fēi zi nǚ jié yě
黄帝的妃子女节，也
jiù shì fā míng shū zi de fāng
就是发明梳子的方
léi shì bú guò hái yǒu
雷氏。不过，还有
yí gè tiān shén shǎo hào tā
一个天神少昊。他
de guó jiā shì zhēn zhēn zhèng
的国家是真真正

zhèng de niǎo guó lǐ miàn quán dōu shì niǎo jiù lián tā zì jǐ dōu shì yì
正的鸟国，里面全都是鸟，就连他自己都是一

zhǒng měng qín zhì niǎo tā shì zhēn zhèng de bǎi niǎo zhī wáng yǒu yì
种猛禽——鸷鸟！他是真正的百鸟之王。有意

si ba zán men jiē zhe wǎng xià jiǎng
思吧？咱们接着往下讲。

tiān shén shǎo hào chū shēn bù fán tā de fù qīn shì tiān shàng de
天神少昊出身不凡，他的父亲是天上的

jīn xīng mǔ qīn shì xiān nǚ huáng é
金星，母亲是仙女皇娥。

jīn xīng hé huáng é yí jiàn zhōng qíng liǎng qíng xiāng yuè de tā men
金星和皇娥一见钟情。两情相悦的他们

cháng cháng yì qǐ fàn zhōu hǎi shang guò le yí
常常一起泛舟海上，过了一

duàn shén xiān juàn lǚ de rì zi hòu lái jiù yǒu
段神仙眷侣的日子。后来就有

le shǎo hào zhè ge tiān shén shǎo hào de shén
了少昊。这个天神少昊的神

qí zhī chù jiù shì tā zhǎng dà hòu qián wǎng
奇之处就是，他长大后前往

dōng hǎi jiàn lì le yí gè bǎi niǎo zhī guó míng jiào shǎo hào zhī guó
东海建立了一个百鸟之国，名叫少昊之国。

chuán shuō shǎo hào jiàn lì shǎo hào zhī guó shí tiān kōng fēi lái
传说，少昊建立少昊之国时，天空飞来

wǔ zhī měi lì de fèng huáng yán sè gè yì hé wǔ fāng de yán sè xiāng
五只美丽的凤凰，颜色各异，和五方的颜色相

读神话，学词语

泛舟：船在水上漂荡，指坐船游玩。

tóng hóng huáng qīng bái hēi fèng
同，红、黄、青、白、黑。凤
huáng fēi luò zài shǎo hào shēn biān suǒ yǐ rén men
凰飞落在少昊身边，所以人们
yě chēng hu shǎo hào wéi bǎi niǎo zhī wáng
也称呼少昊为百鸟之王。

zài shǎo hào zhī guó zhōng suǒ yǒu de chén
在少昊之国中，所有的臣
zǐ guān yuán dōu shì gè zhǒng niǎo kě yǐ shuō
子官员都是各种鸟，可以说
shì yí gè wán wán quán quán de niǎo de wáng guó
是一个完完全全的鸟的王国。
bǎi guān de fēn gōng yě shì àn zhào bù tóng de
百官的分工也是按照不同的
niǎo de tè diǎn lái jìn xíng de
鸟的特点来进行的。

fèng huáng shì bǎi niǎo de zǒng guǎn yì
凤凰是百鸟的总管。一
nián sì jì de tiān shí zhèng hǎo yóu yàn zi
年四季的天时正好由燕子、
bó láo yàn què jǐn jī fēn bié
伯劳、鴳雀、锦鸡分别
zhǎng guǎn yàn què shì yì zhǒng wài
掌管。鴳雀是一种外
xíng xiàng ān chún de xiǎo niǎo qí
形像鹌鹑的小鸟。其
zhōng yàn zi zhǎng guǎn chūn tiān
中，燕子掌管春天，
bó láo zhǎng guǎn xià tiān yàn què
伯劳掌管夏天，鴳雀

读神话，学词语

天时：适于做某事的气候条件，这里指四季的自然气候。

zhǎng guǎn qiū tiān
掌管秋天，

jǐn jī zhǎng guǎn dōng
锦鸡掌管冬

tiān chú cǐ zhī
天。除此之

wài shǎo hào yòu fēn
外，少昊又分

pài wǔ zhǒng niǎo lái
派五种鸟来

guǎn lǐ guó jiā rì
管理国家日

cháng zhèng shì bó
常政事：鹁

读神话，学词语

鳸：就是随从，也有随从、跟随的意思

鸪善于管家、孝顺，负责教育管理；鹫鸟威风、凶悍，适合掌管军事；布谷鸟勤劳、心思周到，掌管建筑和营造最合适；鹰鸟威严、勇敢，那就掌管法律和刑罚；斑鸠活泼、爱叫，可以掌管接待。

另外，少昊安排了九种鳸鸟管理农业耕种和收获，派五种野鸡分别掌管木工、金工、陶工、染工、皮工五个工种。总之，各种各样的鸟在少昊的安排下各尽其才、各司其职，协调工作。

在这鸟的王国里，每当开会商议大事的时候，那就是百鸟齐鸣。不懂的人只会听到莺歌燕语，十分悦耳。百鸟之王

读神话，学词语

各司其职：各自负责着自己承担的本职工作。司：执掌，主管。

shǎo hào jiù zhàn lì zhōng yāng gēn
少昊就站立中央，根
jù niǎo men de huì bào duì tā men
据鸟们的汇报，对他们
lùn gōng xíng shǎng huò zhě àn zhào
论功行赏，或者按照
guò cuò jìn xíng chǔ fá bǎi niǎo
过错进行处罚。百鸟
dōu shí fēn gǎn jī shǎo hào de cí ài
都十分感激少昊的慈爱
hé ruì zhì gǎn jī tā jǐ yǔ bǎi
和睿智，感激他给予百
niǎo de xìn rèn hé shǎng shí bǎi
鸟的信任和赏识，百
niǎo zhī guó yě yuè jiā xīn xīn xiàng róng qǐ lái
鸟之国也越加欣欣向荣起来。

bù zhī dào duō shao nián guò qù le shǎo hào lí kāi zì jǐ de guó
不知道多少年过去了，少昊离开自己的国
jiā qù xī fāng dān rèn tiān dì tā liú xià le zì jǐ de ér zi zhòng
家去西方担任天帝，他留下了自己的儿子重。
zhòng zhǎng zhe rén miàn niǎo shēn ài chuān bái sè de yī fu měi cì chū
重长着人面鸟身，爱穿白色的衣服，每次出
xíng shí zǒng jià yù zhe liǎng tiáo fēi lóng yóu yú cái néng chū zhòng tā shòu
行时总驾驭着两条飞龙。由于才能出众，他受
dào fú xī de qì zhòng chéng wéi mù shén hé chūn shén gōu máng
到伏羲的器重，成为木神和春神句芒。

shǎo hào de lìng yí gè ér zi jiào gāi zhǎng zhe lǎo hǔ de zhuǎ
少昊的另一个儿子叫该，长着老虎的爪
zi hé yì shēn bái máo yǒu zhe rén de miàn kǒng rén men chēng hu tā rù
子和一身白毛，有着人的面孔，人们称呼他蓐

shōu shì jīn shén tā hé fù qīn shǎo hào yì qǐ zhǎng guǎn zhe xī fāng
收，是金神。他和父亲少昊一起掌管着西方。

tā men zhù zài shān shang shǎo hào fù zé chá kàn xī yáng xī xià shí shè
他们住在山上。少昊负责查看夕阳西下时，射

dào dōng bian de yú huī shì bú shì zhèng cháng rù shōu fù zé chá kàn zhè shí
到东边的余晖是不是正常；蓐收负责查看这时

xī bian xiá guāng de qíng kuàng rú hé
西边霞光的情况如何。

shǎo hào de ér zi zhōng hái yǒu yí gè jiào bān fā míng le gōng hé
少昊的儿子中还有一个叫般，发明了弓和

jiàn dà dà zēng qiáng le rén men zhàn shèng yě shòu de néng lì chuán shuō
箭，大大增强了人们战胜野兽的能力。传说

zhōng zhù míng de xiōng shòu yě shì shén shòu qióng qí yě shì shǎo hào de
中，著名的凶兽，也是神兽，穷奇也是少昊的

ér zi qióng qí kàn shàng qù xiàng yì tóu lǎo hǔ què zhǎng zhe chì bǎng
儿子。穷奇看上去像一头老虎，却长着翅膀，

néng tīng dǒng tiān xià gè dì de yǔ yán dàn zhè ge qióng qí yǒu diǎnr duì
能听懂天下各地的语言。但这个穷奇有点儿对

bu qǐ tā bà ba wèi shén me shuō tā shì xiōng shòu ne yīn wèi zhè ge
不起他爸爸。为什么说他是凶兽呢？因为这个

思来想去

在少昊的百鸟之国中，少昊是如何分配各种鸟类的工作的？

qióng qí lǎo shì bāng zhe huài rén duì fu hǎo rén
穷奇老是帮着坏人对付好人，
hái chī rén
还吃人！

chú le shàng miàn shuō de shǎo hào de ér zi hái yǒu jǐ gè yǒu míng
除了上面说的，少昊的儿子还有几个有名
de nǐ men xiǎng zhī dào tā men de gù shi ma
的。你们想知道他们的故事吗？

读书心得

少昊十分了不起，知道每种鸟的特点，并且把它们放在正确的位置上，让它们做适合自己的事。这可不是一件容易的事！

xiǎo rén guó hé dà rén guó

小人国和大人国

chuán shuō zài dà yǔ zhì shuǐ shí， yǒu yì qún rén piāo yáng guò hǎi，
传说在大禹治水时，有一群人漂洋过海，
lái dào le yí zuò mò shēng de xiǎo dǎo shang。 dǎo shang shù mù cān tiān， hái
来到了一座陌生的小岛上。岛上树木参天，还
yǒu xǔ duō qí xíng guài zhuàng de shí tou。 hū rán， qián fāng shù lín lǐ yǒu
有许多奇形怪状的石头。忽然，前方树林里有
dòng jing。 yí gè tuǐ jiǎo líng bian de rén jí máng pǎo guò qù chá kàn， bù
动静。一个腿脚灵便的人急忙跑过去察看，不
yí huìr， shǒu zhōng tí zhe shén me huí lái le。
一会儿，手中提着什么回来了。

kuài kàn kàn， wǒ fā xiàn le shén me！” nà ge rén de shēng yīn yǒu diǎnr jī dòng。
“快看看，我发现了什么！”那个人的声音有点儿激动。

dà jiā zǐ xì yí kàn， tā shǒu lǐ
大家仔细一看，他手里

读神话，学词语

参天：指从下到上高高耸立于天空，常用来形容大树、高大建筑等。

jìng rán tí zhe yí gè fēi cháng xiǎo de rén xiǎo rén shēn gāo yě jiù bàn
竟然提着一个非常小的人。小人身高也就半
chǐ zuǒ yòu miàn mù hé pǔ tōng rén méi yǒu qū bié cǐ shí hǎo xiàng
尺左右，面目和普通人没有区别，此时好像
yǐ jīng bèi xià yùn le rén men jiāng tā fàng zài dì shang děng le bàn
已经被吓晕了。人们将他放在地上，等了半
tiān zhè ge xiǎo rén cái sū xǐng guò lái xiǎo rén jīng kǒng de xiàng sì
天，这个小人才苏醒过来。小人惊恐地向四
zhōu wàng le wàng rán hòu zhuǎn shēn jiù pǎo
周望了望，然后转身就跑。

hào qí de rén men zhè cì yě méi yǒu zhuā tā ér shì jǐn gēn zhe
好奇的人们这次也没有抓他，而是紧跟着
zài qián miàn pǎo de xiǎo rén lái dào le
在前面跑的小人来到了
shù lín lǐ tā men fā xiàn zhè lǐ
树林里。他们发现这里
kě néng shì xiǎo rén men de yí gè cūn
可能是小人们的一个村
luò yǒu xǔ duō yòng xiǎo shí tou hé
落，有许多用小石头和
mù gùn dā jiàn de fáng wū zhè xiē
木棍搭建的房屋。这些
fáng wū gāo de bú guò liǎng chǐ dī
房屋高的不过两尺，低
de zhǐ yǒu yì chǐ zuǒ yòu nà ge
的只有一尺左右。那个
xiǎo rén pǎo jìn le kào biān de yì jiān
小人跑进了靠边的一间
wū zi yí gè rén hào qí de dī
屋子。一个人好奇地低

xià tou shēn cháng bó zi wǎng wū zi lǐ kàn
下头，伸长脖子往屋子里看，
fā xiàn shí duō gè xiǎo rén suō chéng yì tuán jǐ zài
发现十多个小人缩成一团挤在
qiáng jiǎo xià de sè sè fā dǒu miàn sè cāng
墙角，吓得瑟瑟发抖、面色苍
bái zhè rén zài mén shang qīng qīng qiāo le qiāo lǐ miàn de xiǎo rén gèng
白。这人在门上轻轻敲了敲，里面的小人更
hài pà le yǒu de pā zài dì shang yǒu de duǒ dào le chuáng xià tā
害怕了。有的趴在地上，有的躲到了床下。他
men fā chū wū wū de āi qiú shēng kàn shàng qù kě lián jí le chuǎng dào
们发出呜呜的哀求声，看上去可怜极了。闯到
dǎo shang de rén men jué de bù yīng gāi zài xià hu zhè xiē xiǎo rén le jiù
岛上的人们觉得不应该再吓唬这些小人了，就
lí kāi fáng wū zhuǎn shēn zǒu chū
离开房屋，转身走出
shù lín
树林。

tā men jì xù wǎng qián
他们继续往前
zǒu rén qún zhōng yǒu gè rén shuō
走，人群中有个人说：

读神话，学词语

瑟瑟发抖：指因寒冷或害怕不停地哆嗦、颤抖。

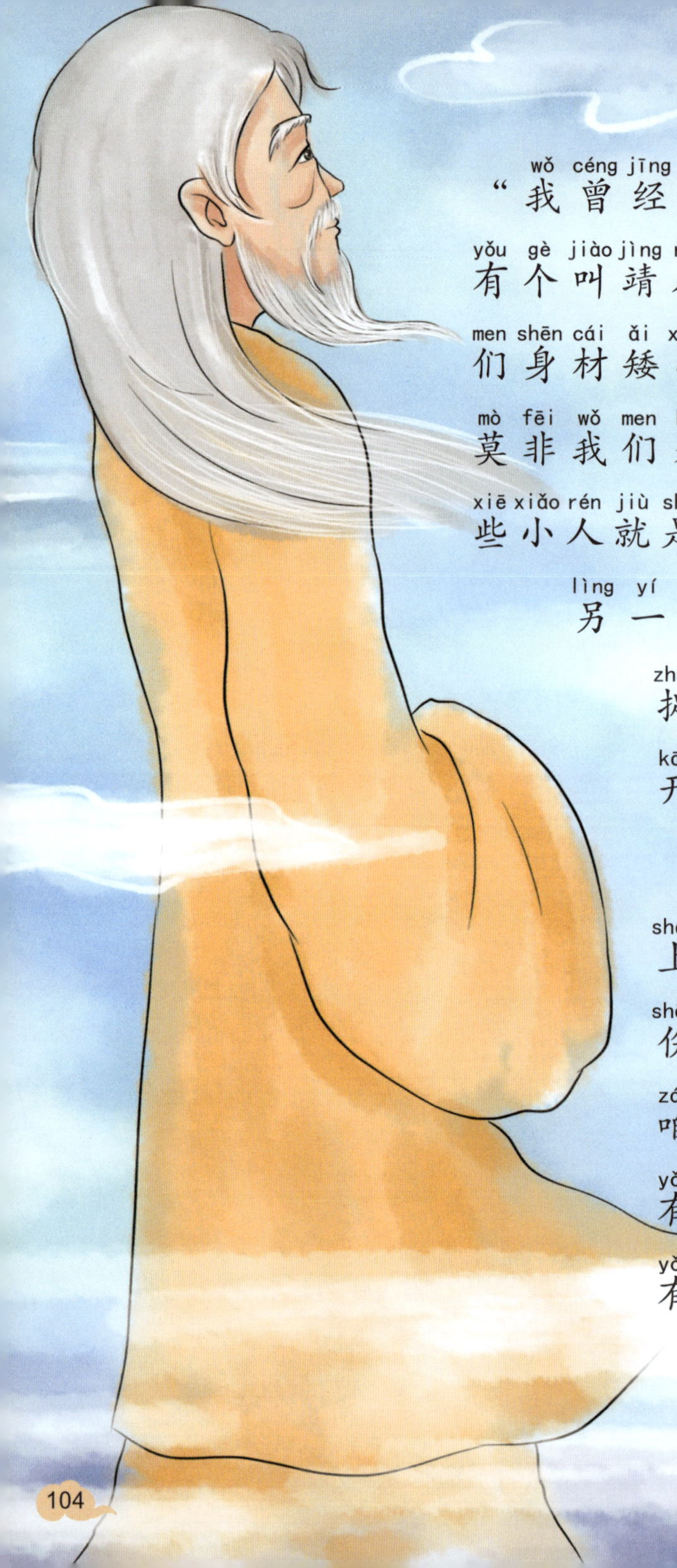

wǒ céng jīng kàn guò yì běn shū shū shang shuō
“我曾经看过一本书，书上说

yǒu gè jiào jìng rén guó de dì fang nà lǐ de rén
有个叫靖人国的地方，那里的人

men shēn cái ǎi xiǎo zuì gāo yě jiù sì wǔ cùn
们身材矮小，最高也就四五寸。

mò fēi wǒ men lái dào le jìng rén guó gāng cái nà
莫非我们来到了靖人国，刚才那

xiē xiǎo rén jiù shì jìng rén guó de rén
些小人就是靖人国的人？”

lìng yí gè rén shuō yào bù wǒ men
另一个人说：“要不我们

zhuō jǐ gè huí qù ba ràng dà jiā
捉几个回去吧，让大家

kāi kāi yǎn jiè
开开眼界！”

zhè yàng bù hǎo shū
“这样不好，书

shang shuō xiǎo rén hěn róng yì shòu
上说小人很容易受

shāng yí dàn shòu shāng jiù sǐ le
伤，一旦受伤就死了。

zán men hái shi zǒu ba tīng dào
咱们还是走吧！”听到

yǒu rén fǎn duì qí tā rén yě méi
有人反对，其他人也没

yǒu zài jiān chí
有再坚持。

yí duàn shí jiān hòu zhè qún
一段时间后，这群

rén piāo liú dào le lìng yí gè dǎo shang zài àn biān jiù kàn jiàn yí gè lǎo
人漂流到了另一个岛上。在岸边就看见一个“老

wēng tóu fa hé hú zi dōu shì bái de shēn cái gāo de xià rén zú
翁”，头发和胡子都是白的，身材高得吓人，足

zú yǒu sì wǔ zhàng gāo rén men yǎng zhe tóu kàn tā xīn xiǎng zhè lǐ
足有四五丈高。人们仰着头看他，心想：“这里

kě néng shì dà rén guó ba
可能是大人国吧。”

jǐn jiē zhe tā men fā xiàn lǎo wēng mài kāi shuāng tuǐ
紧接着，他们发现“老翁”迈开双腿，

xiàng yí gè fāng xiàng zǒu qù jiàn guò le xiǎo rén xiàn zài yòu pèng dào
向一个方向走去。见过了小人，现在又碰到

dà rén zhè qún rén jī dòng qǐ lái jué dìng gēn zài lǎo wēng shēn
大人，这群人激动起来，决定跟在“老翁”身

hòu qù kàn kàn qián miàn yǒu shén me lǎo wēng fā xiàn le tā
后，去看看前面有什么。“老翁”发现了他

men yě bú zài yì yī rán dà bù xiàng qián
们，也不在意，依然大步向前。

shàng dǎo de rén men fā xiàn tā men zhǐ yǒu pǎo cái néng gēn shàng lǎo
上岛的人们发现他们只有跑才能跟上“老

wēng yīn wèi dà rén de bù zi tài dà le tā men pǎo a pǎo chuān
翁”，因为大人的步子太大了。他们跑啊跑，穿

guò cǎo yuán lái dào yí zuò shān qián tā men kàn dào zhè lǐ yǒu hǎo duō gāo
过草原，来到一座山前。他们看到这里有好多高

dà de fáng wū gāo de yǒu shí jǐ èr shí zhàng gāo fáng wū hòu miàn shì
大的房屋，高的有十几二十丈高。房屋后面是

yí zuò gāo sǒng rù yún de shān fēng lǎo wēng méi yǒu tíng yì zhí
一座高耸入云的山峰。“老翁”没有停，一直

zǒu dào shān jiǎo xià lìng rén jīng qí de shì zài shān jiǎo xià jù jí zhe
走到山脚下。令人惊奇的是，在山脚下聚集着

成百上千像“老翁”这样的人。这里的人每一个的头发、胡须都是白的。这里原来是一个市场。一群“矮小”的陌生人走近，大人们就像没看到一样，仍在用他们听不懂的语言买卖着物品。当然，这些物品都很巨大。

这群人小心翼翼地移动着，生怕被大人们不小心碰到。看到有一个大人是蹲着的，像是个商人。于是大家抬起头，踮着脚尖问：“请问，这里是大人国吗？”

商人虽然是蹲着的姿势，但依然比他们高很多。他低头笑着对他们说：“是的，跟你们比

qǐ lái zhè lǐ shì dà rén guó nǐ men lái zhè lǐ shì mǎi dōng xi ma
起来，这里是大人国。你们来这里是买东西吗？
kǒng pà zhè lǐ de dōng xi nǐ men yòng zhe bú tài fāng biàn ya
恐怕这里的东西你们用着不太方便呀……”

yì qún rén gǎn jǐn jiě shì wǒ men bú shì lái mǎi dōng xi de
一群人赶紧解释：“我们不是来买东西的。
wǒ men cóng hěn yuǎn de dì fang piāo yáng guò hǎi ǒu rán lái dào zhè lǐ
我们从很远的地方漂洋过海，偶然来到这里。
wǒ men jiù shì xiǎng liǎo jiě yí xià guì guó nín néng bù néng gěi wǒ men
我们就是想了解一下贵国，您能不能给我们
jiǎng jiǎng ne
讲讲呢？”

shāng rén tū rán yǒu diǎnr bú nài fán le shuō hé nǐ men
商人突然有点儿不耐烦了，说：“和你们
zhè xiē xiǎo rén jiāo wǎng shí zài tài fèi lì le qù nián yǒu jǐ gè jìng
这些小人交往实在太费力了。去年，有几个靖
rén guó de xiǎo rén lái dào zhè lǐ wèi le zhāo dài tā men wǒ men yí
人国的小人来到这里。为了招待他们，我们一
gè gè lèi de yāo suān bèi tòng cóng nà shí qǐ wǒ men jiù dìng xià le
个个累得腰酸背痛。从那时起，我们就定下了
guī ju bù guǎn shén me wài rén dào cǐ yí lǜ bù zhāo dài nǐ men
规矩，不管什么外人到此，一律不招待。你们
xiǎng liǎo jiě shén me wǒ kě yǐ jiǎn dān huí dá jǐ jù wèn de tài duō
想了解什么，我可以简单回答几句。问得太多
de huà wǒ jiù bù huí dá le
的话，我就不回答了。”

wèi shén me zhè lǐ de rén shēn cái zhè me gāo dà tóu fa hé
“为什么这里的人身材这么高大，头发和
hú xū yòu dōu shì bái de ne
胡须又都是白的呢？”

这倒是把商人问住了。“这个……我也说不太清楚。不过我听说别的地方的人怀胎十个月，就生下来了。我们这里的人要在娘肚子里待上三十多年才出生，可能就是这个原因吧！”

这群人惊讶极了，还想再问点儿什么。商人却已经不耐烦了，不再理睬他们。这群人没有办法，就乘船离开了大人国。

读书心得

在大人国，我们是小人；在小人国，我们成了巨人，这就是对比。比一比才知道，大也可能变成小，小也能变成大。

péng zǔ cháng shòu
彭祖长寿

chuán shuō tiān dì hòu lái yě jiào yù huáng dà dì shēn biān
传说，天帝，后来也叫玉皇大帝，身边
yǒu liǎng wèi chén zǐ yí gè shì péng zǔ yí gè shì chén tuán péng zǔ
有两位臣子，一个是彭祖，一个是陈抟。彭祖
wèi tiān dì guǎn lǐ gōng dé bù jì lù suǒ yǒu shén xiān hé fán rén de gōng
为天帝管理功德簿，记录所有神仙和凡人的功
dé chén tuán zhí zhǎng shēng sǐ bù shàng miàn yǒu suǒ yǒu shén xiān hé fán
德；陈抟执掌生死簿，上面有所有神仙和凡
rén de xìng míng hé shēng sǐ de shí jiān
人的姓名和生死的时间。

yǒu yì tiān chén tuán duì péng zǔ shuō wǒ jīn tiān yǒu diǎnr
有一天，陈抟对彭祖说：“我今天有点儿
lèi xiǎng hǎo hǎo shuì yí jiào rú guǒ yǒu jí shì nǐ zài bǎ wǒ jiào
累，想好好睡一觉。如果有急事，你再把我叫
xǐng
醒。”

péng zǔ shuō méi wèn tí nǐ fàng xīn shuì ba péng zǔ
彭祖说：“没问题，你放心睡吧！”彭祖

读神话，学词语

灵机一动：指事前没有准备，临时想出办法。

kàn chén tuán shuì zháo le， yì shí xīng
看陈抟睡着了，一时兴
qǐ， jiù xiǎng qù yǎn chán le hěn jiǔ
起，就想去眼馋了很久
de rén jiān yóu wán yì fān。 tā hū rán
的人间游玩一番。他忽然
xiǎng dào le shēng sǐ bù shang zì jǐ de
想到了生死簿上自己的
míng zi。 péng zǔ xīn xiǎng：“rú guǒ
名字。彭祖心想：“如果
bèi tiān dì fā xiàn le， nà kěn dìng
被天帝发现了，那肯定
huì hěn kuài bèi zhǎo huí lái。 rén jiān
会很快被找回来。人间
duō yǒu yì si ya， gān cuì wǒ bù huí
多有意思呀，干脆我不回
lái le！” tā líng jī yí dòng， jiù
来了！”他灵机一动，就
bǎ xiě zhe zì jǐ míng zi de nà yí yè
把写着自己名字的那一页

撕下来烧了。从此，生死簿上再也找不到彭祖的名字。彭祖偷偷溜到人间，此时是夏朝。

到了商朝年间，彭祖还做过商朝的大夫。后来他辞官退隐，开始到处游山玩水，一直活到商末，活了差不多八百岁。

传说，彭祖一生娶了很多位妻子，有五十四个儿子。当妻子和儿子都一一死去时，彭祖却看上去一点儿都不老。彭祖的死传说就是和他最后一位妻子有关。

有一天晚上，彭祖和自己新娶的妻子躺在床上。妻子问他：“我已经这么老了，我死后你还会娶妻吗？”

彭祖说：“要娶，不然你走了，谁来陪伴我呢？”

妻子听了心里有点儿埋怨，又有点儿好

qí rén dōu yǒu shēng lǎo bìng sǐ wèi shén me nǐ huó le zhè me jiǔ
奇：“人都有生老病死，为什么你活了这么久

ér qiě yì zhí dōu bù xiǎn shuāi lǎo ne
而且一直都不显衰老呢？”

péng zǔ hā hā dà xiào wǒ shì yǒng yuǎn bú huì sǐ de shēng
彭祖哈哈大笑：“我是永远不会死的，生

sǐ bù shang yǒu wǒ míng zi de nà yí yè yǐ bèi wǒ sī diào shāo le
死簿上有我名字的那一页已被我撕掉烧了！”

zài qī zi de zhuī wèn xià péng zǔ yīn wèi dé yì yí bù xiǎo xīn shuō chū le shí qíng
在妻子的追问下，彭祖因为得意，一不小心说出了实情。

qī zi zhè cái míng bai péng zǔ bù sǐ de mì mì
妻子这才明白彭祖不死的秘密。

yǒu yì tiān yǒu liǎng gè rén lái dào péng zǔ zhù de dì fang
有一天，有两个人来到彭祖住的地方。

tā men chèn mù jiàng chī fàn de shí hou tōu zǒu le tā de dà jù
他们趁木匠吃饭的时候偷走了他的大锯。

gèng lìng rén bù jiě de shì tā men yòng mù jiàng
更令人不解的是，他们用木匠

de dà jù shǐ jìn jù qǐ le yí kuài dà shí tou liǎng rén biān jù biān niàn
的大锯使劲锯起了一块大石头。两人边锯边念

dao jù dà shí jù dà shí jù kāi dà shí mài dà qián zhè
叨："锯大石，锯大石，锯开大石卖大钱！"这

zhǒng qí guài de jǔ dòng lì kè xī yǐn le hěn duō cūn mín dà jiā bǎ tā
种奇怪的举动立刻吸引了很多村民。大家把他

men wéi qǐ lái bù tíng de yì lùn jiù tīng yǒu gè nǚ rén hū rán zài
们围起来，不停地议论。就听有个女人忽然在

rén qún zhōng shuō wǒ zhàng fu huó le bā bǎi duō suì dōu méi jiàn guò
人群中说："我丈夫活了八百多岁，都没见过

yǒu rén yòng dà jù jù shí tou
有人用大锯锯石头，

zhēn shì kě xiào
真是可笑！"

shuō huà de rén dāng rán jiù
说话的人当然就

shì péng zǔ de qī zi jù shí
是彭祖的妻子。锯石

tou de zhè liǎng gè rén qí shí
头的这两个人，其实

shì tiān dì pài dào rén jiān xún zhǎo
是天帝派到人间寻找

péng zǔ de shén xiān péng zǔ pǎo
彭祖的神仙。彭祖跑

le chén tuán shuì dà jiào tiān
了，陈抟睡大觉，天

dì dà nù yì zhí zài zhǎo péng
帝大怒，一直在找彭

zǔ péng zǔ cáng zài rén jiān
祖。彭祖藏在人间，

思来想去

彭祖的身份是如何被两位神仙发现的？

shēng sǐ bù shang yòu méi yǒu tā de míng zi liǎng
生死簿上又没有他的名字，两

gè shén xiān zhǐ hǎo zài rén jiān dào chù xún zhǎo
个神仙只好在人间到处寻找。

zhè cì zhōng yú zhǎo dào le
这次终于找到了！

péng zǔ de shēn fèn bào lù le zhè xià
彭祖的身份暴露了，这下

méi fǎ zài liú zài rén jiān le dāng tiān yè lǐ péng zǔ jiù sǐ le
没法再留在人间了。当天夜里，彭祖就死了。

péng zǔ huó le bā bǎi suì bù néng duì qī zi shuō shí huà shuō de
“彭祖活了八百岁，不能对妻子说实话”说的

jiù shì zhè jiàn shì
就是这件事。

读书心得

人人都想知道彭祖为什么能活这么久，而且还不会变老。如果彭祖自己不说，别人根本猜不到。彭祖不小心把自己的秘密告诉了妻子，结果就结束了自己的快乐时光。保密真是很难的一件事！

wú gāng fá guì

吴刚伐桂

rú guǒ nǐ zǐ xì guān chá tiān kōng de yuè liang huì fā xiàn jiǎo jié
如果你仔细观察天空的月亮，会发现皎洁

de yuè liang shang yǐn yǐn yuē yuē yǒu jǐ chù hēi bān zhè shí yǒu rén yí dìng
的月亮上隐隐约约有几处黑斑。这时有人一定

huì gào su nǐ nà shì wú gāng zài kǎn fá guì huā shù
会告诉你，那是吴刚在砍伐桂花树。

wú gāng yuán běn shì gè pǔ tōng rén tā cóng xiǎo jiù xǐ huan shén
吴刚原本是个普通人。他从小就喜欢神

xiān xī wàng zì jǐ yǒu yì tiān yě néng chéng wéi shén xiān téng yún jià
仙，希望自己有一天也能成为神仙，腾云驾

wù cháng shēng bù sǐ zhǎng dà hòu wú gāng
雾，长生不死。长大后，吴刚

sì chù xún fǎng xī wàng yù dào zhēn zhèng de
四处寻访，希望遇到真正的

shén xiān yǒu yì tiān tā zhōng yú yù dào le
神仙。有一天，他终于遇到了

yí wèi lǎo zhě lǎo zhě běn lǐng gāo shēn wú
一位老者，老者本领高深。吴

读神话，学词语

腾云驾雾：传说中指乘云雾飞行，现在形容飞行。

读神话，学词语

骄傲自满：意思是骄傲看不起别人，满足于自己已有的成绩。

gāng míng bai zhè jiù shì zì jǐ yào zhǎo de shén
刚明白这就是自己要找的神

xiān jiù lì kè guì dǎo zài dì xī wàng lǎo
仙，就立刻跪倒在地，希望老

zhě shōu tā wéi tú
者收他为徒。

shī fu wǒ qiú xiān yǐ jīng hǎo jǐ
“师父，我求仙已经好几

nián le cái yù dào nín qǐng shōu wǒ wéi tú ba
年了，才遇到您！请收我为徒吧！”

lǎo zhě kàn tā xīn chéng biàn shōu xià le tā wú gāng gēn suí shī
老者看他心诚，便收下了他。吴刚跟随师

fu xué xí le sān nián jiàn jiàn yǒu le xiē běn shi tā kāi shǐ biàn de
父学习了三年，渐渐有了些本事。他开始变得

jiāo ào zì mǎn qǐ lái shèn zhì lián shī fu dōu bú fàng zài yǎn lǐ cháng
骄傲自满起来，甚至连师父都不放在眼里，常

cháng chū yán dǐng zhuàng gèng guò fèn de shì wú gāng zài wài miàn gèng jiā xiāo
常出言顶撞。更过分的是，吴刚在外面更加嚣

zhāng zhàng zhe zì jǐ yǒu yì diǎnr běn lǐng jiù bù bǎ píng cháng rén fàng
张。仗着自己有一点儿本领，就不把平常人放

zài yǎn lǐ mēng piàn chún pǔ de bǎi xìng rě chū bù shǎo má fan shī
在眼里，蒙骗淳朴的百姓，惹出不少麻烦。师

fu wú yì zhōng dé zhī wú gāng de zhēn miàn mù xīn lǐ
父无意中得知吴刚的真面目，心里

bù yóu de hòu huǐ qǐ lái
不由得后悔起来。

zhēn shì zhī rén zhī miàn bù zhī xīn zǎo zhī
“真是知人知面不知心，早知

dào wú gāng shì zhè yàng yí gè rén wǒ jiù bù gāi shōu
道吴刚是这样一个人，我就不该收

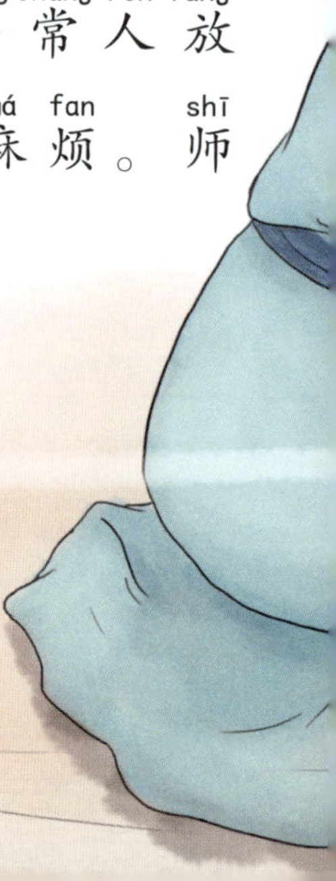

xià tā a
下他啊！”

shī fu huǐ bù dāng chū gǎn tàn zì jǐ kàn
师父悔不当初，感叹自己看
zǒu le yǎn
走了眼。

hòu lái wú gāng zì jǐ rèn wéi běn lǐng gāo
后来，吴刚自己认为本领高

qiáng yuè lái yuè bù bǎ bié rén fàng zài yǎn lǐ jiàn jiàn de tā yǒu
强，越来越不把别人放在眼里。渐渐地，他有

le zhè yàng de xiǎng fǎ jì rán wǒ yǒu suǒ chéng jiù hé bì hái zài zhè
了这样的想法：既然我有所成就，何必还在这

lǐ gēn zhe zhè yàng yí gè lǎo tóu guò kǔ rì zi ne fǎn zhèng tā de běn
里跟着这样一个老头过苦日子呢？反正他的本

lǐng wǒ dōu xué huì le a bú guò cháng shēng bù sǐ de běn lǐng wǒ hái
领我都学会了啊！不过，长生不死的本领我还

bú huì ya wú gāng xiǎng lí kāi shī fu
不会呀……”吴刚想离开师父，

dàn yòu diàn jì zhe cháng shēng bù sǐ zhī shù
但又惦记着长生不死之术。

wú gāng de shī fu duì tā zǎo yǐ jīng shī qù
吴刚的师父对他早已经失去

le nài xīn zhèng xiǎng zhe yào jiào xùn tā yí dùn
了耐心，正想着要教训他一顿，

yě xǔ zhè néng ràng wú gāng gǎi guò zì xīn
也许这能让吴刚改过自新。

shī fu nín jiù bǎ cháng shēng zhī shù
“师父，您就把长生之术

jiāo gěi wǒ ba wǒ dōu gēn nín xué le zhè me jiǔ
教给我吧！我都跟您学了这么久

le
了！”

hǎo a dàn xué cháng shēng zhī shù hěn
“好啊，但学长生之术很

nán nǐ kě bú yào hòu huǐ ya
难，你可不要后悔呀！”

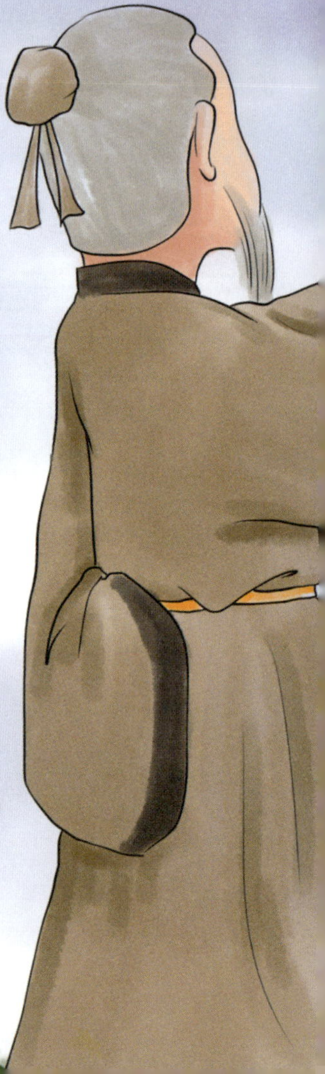

wǒ jué bú hòu huǐ
“我绝不后悔！”

wú gāng jiàn shī fu wēi wēi yí xiào xīn lǐ yì xǐ jǐn
吴刚见师父微微一笑，心里一喜。紧
jiē zhe jiù kàn dào shī fu xiàng tiān kōng yì zhǐ wú gāng zhěng
接着，就看到师父向天空一指，吴刚整
gè rén jiù fēi le qǐ lái fēng chí diàn chè bān de fēi xiàng le yuè
个人就飞了起来，风驰电掣般地飞向了月
liang
亮。

yuè liang shang yǒu yì kē jù dà de guì huā shù gāo dá
月亮上有一棵巨大的桂花树，高达
wǔ bǎi zhàng luò zài guì huā shù qián de wú gāng cǐ shí jiù tīng shī
五百丈。落在桂花树前的吴刚此时就听师
fu zài tā ěr biān shuō nǐ bǎ zhè kē shù kǎn dǎo wǒ jiù
父在他耳边说：“你把这棵树砍倒，我就
jiāo nǐ cháng shēng zhī shù
教你长生之术！”

思来想去

你觉得吴刚什么时候才能砍倒桂花树呢？

wú gāng yì kāi shǐ yǐ wéi zhè bìng bù nán
吴刚一开始以为这并不难，
dàn shì tā hěn kuài zhī dào zì jǐ cuò le yīn wèi
但是他很快知道自己错了。因为
tā měi kǎn yí xià guì huā shù shang bèi pī kāi
他每砍一下，桂花树上被劈开
de kǒu zi jiù lì kè huī fù rú chū zài kǎn yí
的口子就立刻恢复如初；再砍一
xià guì huā shù hái shi mǎ shàng yòu huī fù le wú gāng jiù zhè yàng bèi
下，桂花树还是马上又恢复了。吴刚就这样被
kùn zài le yuè liang shang hái yào zuò zhe yǒng yuǎn zuò bù wán de gōng zuò
困在了月亮上，还要做着永远做不完的工作。
hào yuè dāng kōng nǐ kàn dào zài yuè liang shang kǎn fá guì huā shù de wú gāng
皓月当空，你看到在月亮上砍伐桂花树的吴刚
le ma
了吗？

读书心得

吴刚跟老师刚学了一些本领，就开始沾沾自喜、得意忘形，不把老师放在眼里，欺负百姓。结果，受到老师的惩罚。所以，尊敬师长，谦虚受教，才是我们进步的阶梯。

jù líng kāi shān
巨灵开山

xiāng chuán hěn jiǔ yǐ qián xī yuè huà shān
相传，很久以前，西岳华山
hé shào huà shān yuán běn shì lián zài yì qǐ de yí zuò dà
和少华山原本是连在一起的一座大
shān hòu lái yīn wèi yí cì yì wài zhè liǎng zuò shān
山。后来因为一次意外，这两座山

cái fēn kāi chéng le liǎng zuò dú lì de dà
才分开，成了两座独立的大
shān
山。

yǒu yì nián wáng mǔ niáng niang jǔ
有一年，王母娘娘举
bàn pán táo shèng huì yāo qǐng gè lù shén xiān
办蟠桃盛会，邀请各路神仙
qí jù yì táng dà jiā yì qǐ chī pán táo
齐聚一堂。大家一起吃蟠桃
shǎng gē wǔ tán tiān shuō dì kāi huái
赏歌舞，谈天说地，开怀
chàng yǐn hǎo bù huān lè lǎo shòu xing
畅饮，好不欢乐。老寿星
gēn dà jiā liáo de gāo xìng bù yóu de hā
跟大家聊得高兴，不由得哈
hā dà xiào qǐ lái méi xiǎng dào yì wài fā
哈大笑起来。没想到意外发
shēng le lǎo shòu xing yì gāo xìng shǒu yì
生了，老寿星一高兴，手一
dǒu shǒu lǐ de bàn bēi qióng jiāng yù yè jū
抖，手里的半杯琼浆玉液居
rán sǎ luò dào le rén jiān
然洒落到了人间。

yā bù hǎo shén xiān men
“呀，不好！”神仙们
yì shí dào jiāng yǒu dà shì fā shēng kāi shǐ
意识到将有大事发生，开始
yōu lǜ qǐ lái
忧虑起来。

yào zhī dào nà sǎ xià de xiān jiǔ qǐng kè jiānbiàn
要知道，那洒下的仙酒顷刻间变

chéng le jù dà de hóng shuǐ yóu xī xiàng dōng hào hào
成了巨大的洪水，由西向东，浩浩

dàng dàng de zài rén jiān sì nüè qǐ lái hóng shuǐ
荡荡地在人间肆虐起来。洪水
jīng guò de dì fang lì kè biàn chéng le yí
经过的地方，立刻变成了一
piàn wāng yáng zhuāng jia bèi yān mò le fáng wū
片汪洋。庄稼被淹没了，房屋
bèi chōng kuǎ le rén men kū hǎn zhe dào chù duǒ
被冲垮了，人们哭喊着到处躲
cáng yóu yú huà shān hé shào huà shān dǎng zhù le hóng shuǐ de qù lù hóng
藏。由于华山和少华山挡住了洪水的去路，洪
shuǐ bù néng liú xiàng dōng hǎi jié guǒ hóng shuǐ yuè zhǎng yuè gāo yān mò
水不能流向东海。结果洪水越涨越高，淹没
le wú shù de zhuāng jia hé bǎi xìng de fáng wū rén men shēng huó zài shuǐ
了无数的庄稼和百姓的房屋，人们生活在水
shēn huǒ rè zhī zhōng
深火热之中。

读神话，学词语

肆虐：任意残杀和迫害，大肆破坏，危害社会和人们生活的安定。

shǎo hào kàn dào rén jiān hé bǎi xìng zāo dào hóng shuǐ
少昊看到人间和百姓遭到洪水
qīn xí shēng huó yì cháng bēi cǎn jí máng xiàng yù
侵袭，生活异常悲惨，急忙向玉
huáng dà dì qǐng qiú zhī yuán gǎn jǐn pài shén xiān qián
皇大帝请求支援：赶紧派神仙前

读神话，学词语

侵袭：侵入并袭击，破坏正常的生活和秩序。

lái zhì shuǐ yù dì xiǎng le xiǎng jué dìng pài hé shén jù líng xià lái zhì
来治水。玉帝想了想，决定派河神巨灵下来治
lǐ zhè dà hóng shuǐ
理这大洪水。

hé shén jù líng shì gè jù rén tiān shēng shén lì néng dān shǒu tuō
河神巨灵是个巨人，天生神力，能单手托
qǐ yí zuò dà shān yì jiǎo tāng kāi yì tiáo hé liú shì shén xiān zhōng
起一座大山，一脚蹚开一条河流，是神仙中
chū le míng de dà lì shì bié kàn jù líng shēn qū páng dà xióng jiàn
出了名的大力士。别看巨灵身躯庞大雄健，
kě xíng dòng qǐ lái què yì cháng líng huó jù líng tīng shuō yù dì pài zì
可行动起来却异常灵活。巨灵听说玉帝派自
jǐ qián qù rén jiān zhì lǐ hóng shuǐ xìn xīn mǎn mǎn zhè kě shì tā de
己前去人间治理洪水，信心满满，这可是他的
zhuān cháng yú shì tā lì kè lǐng
专长。于是他立刻领
mìng xià dào rén jiān zhì lǐ hóng
命，下到人间治理洪
shuǐ
水。

jù líng zǐ xì chá kàn le
巨灵仔细察看了

hóng shuǐ de yuán tóu， fā xiàn shì yīn wèi huà
洪水的源头，发现是因为华
shān hé shào huà shān de zǔ dǎng， cái dǎo zhì hóng
山和少华山的阻挡，才导致洪
shuǐ fàn làn chéng zāi。 rán hòu， jù líng yòu zǐ
水泛滥成灾。然后，巨灵又仔
xì chá kàn le dǎng zhù hóng shuǐ qù lù
细察看了挡住洪水去路
de zhè zuò dà shān。 zài huà shān hé
的这座大山。在华山和
shào huà shān lián jiē de dì fang， yǒu
少华山连接的地方，有
yì tiáo xiá dào， jù líng fā xiàn zhè
一条狭道，巨灵发现这
lǐ zuì wéi bó ruò hé xiá zhǎi。
里最为薄弱和狭窄。

读神话，学词语

薄弱：形容力量单薄、微弱，不坚强，容易在外界的作用下破坏、动摇。

cóng zhè lǐ jiāng dà shān fēn chéng liǎng bàn zhè yàng hóng shuǐ jiù
“从这里将大山分成两半，这样洪水就
kě yǐ shùn lì tōng guò liú rù dōng hǎi le
可以顺利通过，流入东海了。”

jù líng dǎ dìng zhǔ yi zǒu jìn xiá dào shuāng shǒu tuō zhù huà shān
巨灵打定主意，走进狭道，双手托住华山
de shí bì yòu jiǎo dēng zhù shào huà shān de shān gēn
的石壁，右脚蹬住少华山的山根，
yòng lì yì shǐ jìn shān kāi shǐ chàn dòng le jù líng zài
用力一使劲，山开始颤动了。巨灵再
yì shǐ jìn suí zhe shān bēng dì liè de jù xiǎng huà shān
一使劲，随着山崩地裂的巨响，华山
hé shào huà shān lián zài yì qǐ de dì fang kāi shǐ liè kāi
和少华山连在一起的地方开始裂开。
jù líng shǐ chū quán shēn de lì qi zhǐ tīng kā chā
巨灵使出全身的力气，只听“咔嚓”
yì shēng dà shān fēn chéng le liǎng
一声，大山分成了两
bù fen hóng shuǐ yí xiè qiān lǐ
部分。洪水一泻千里，
xiōng yǒng zhe xiàng dōng hǎi bēn qù
汹涌着向东海奔去。

jù líng chéng gōng de fēn kāi le huà
巨灵成功地分开了华
shān hé shào huà shān jiě jiù le kǔ
山和少华山，解救了苦
nàn de bǎi xìng
难的百姓。

hé shén jù líng zhàn zài bō tāo
河神巨灵站在波涛

zhī zhōng jiàn hóng shuǐ yǐ jīng bèi shū dǎo le
之中，见洪水已经被疏导了，
zhè cái lù chū xīn wèi de xiào róng yú shì hé
这才露出欣慰的笑容。于是，河
shén jù líng yě bèi rén men chēng wéi dà lì shén
神巨灵也被人们称为大力神、
jù líng shén
巨灵神。

思来想去

是什么导致了人间洪水灾难的发生？

xiàn rú jīn cóng yuǎn chù tiào wàng huà shān rén men réng néng qīng
现如今，从远处眺望华山，人们仍能清
xī de kàn dào yí chù fēng jǐng xiān rén yǎng wò chuán shuō nà shì
晰地看到一处风景——仙人仰卧。传说，那是
kāi shān dǎo hé de jù líng yǎng wò zài shān fēng shang huàn huà ér chéng de
开山导河的巨灵仰卧在山峰上幻化而成的。

读书心得

寿星不小心洒下仙酒，酿成大祸。巨灵用自己的神力帮助了人们。这告诉我们做事一定要小心，特别是高兴的时候。同时，当百姓有难时，要像巨灵那样挺身而出。